로미오와 줄리엣

한국셰익스피어학회 작품총서 026

로미오와 줄리엣
Romeo and Juliet

윌리엄 셰익스피어 지음
허종 옮김

도서출판 동인

발간사

    지금까지 셰익스피어 작품에 대한 번역은 끊임없이 다양한 동기에 의해 진행되어 왔다. 초창기 셰익스피어 작품 번역은 일본어 번역을 우리말로 옮기는 작업이었다. 일본이 서구에 대한 수용을 활발한 번역을 통해서 시도하였기 때문에 일본어를 공부한 한국 학자들이 번역을 하는데 용이했던 까닭이었다. 하지만 이 경우는 문학적인 차원에서 서구 문학의 상징적 존재인 셰익스피어를 문학적으로 소개하는 것이 목적이어서 문어체를 바탕으로 문장의 내포된 의미를 부연하게 되어 매우 복잡하고 부자연스러운 번역이 주조를 이루었던 것이 문제가 되었다.

    그 다음 세대로서 영어에 능숙한 학자들이나 번역가들이 셰익스피어 번역에 참여하게 되었다. 셰익스피어 작품에 대한 수많은 주(note)를 참조하여 문학적 이해와 해석을 곁들인 번역은 작품의 깊이를 파악하는데 많은 도움이 되었다고 볼 수 있다. 하지만 셰익스피어 작품을 무대에 올리는 배우들에게는 또 다른 문제가 생길 수밖에 없었다. 문학적 해석을 번역에 수용하는 문장은 구어체적인 생동감을 느낄 수 없었고, 호흡이 너무 길어 배우가 대사로 처리하기에 부적합하였다.

이런 문제점을 해결하기 위해서 번역가마다 각자 특별한 효과를 내도록 원서에서 느낄 수 있는 운율적 실험을 실시하기도 하였다. 그런 시도는 셰익스피어 번역에 새로운 분위기를 자아내었을 뿐 아니라 다양한 번역이 이루어져 나름의 의미가 있었다고 본다. 반면에 우리말을 영어식의 운율에 맞추는 식의 인위적 효과를 위해서 실험하는 것은 배우들이 대사 처리하기에 또 다른 부자연성을 느끼게 하였다.

한국에서 셰익스피어를 연구하는 학자들이 모이는 한국셰익스피어학회에서 셰익스피어 탄생 450주년을 기념하여 셰익스피어 전작에 대한 새로운 번역을 시도하기로 하였다. 우선 이번 번역은 셰익스피어 원서를 수준 높게 이해하는 학자들이 배우들의 무대 언어에 알맞은 번역을 한다는 점에서 차별성을 두고자 한다. 또한 신세대 학자들이 대거 참여하여 우리말을 현대적 감각에 맞게 구사하여 번역을 하자는 원칙을 정하였다.

시대가 바뀔 때마다 독자들의 언어가 달라지고 이에 부응하는 번역이 나와야 한다고 본다. 무대 위의 배우들과 현대 독자들의 언어감각에 맞는 번역이란 두 마리 토끼를 잡는 것은 그리 쉬운 일은 아니지만 매우 의미 있는 일일 것이다. 이번 한국 셰익스피어 학회가 공인하는 셰익스피어 전작 번역이 성공적으로 이루어지도록 뒷받침하는 도서출판 동인의 이성모 사장에게 심심한 감사의 뜻을 전하며 인문학의 부재의 시대에 새로운 인문학의 부활을 이루어내는 계기가 되리라 믿는다.

2014년 3월
한국셰익스피어학회 17대 회장 박정근

옮
긴
이
의

글

"현명하게 천천히, 빨리 뛰어가면 넘어진다." 로렌스 수사가 『로미오와
쥴리엣』에서 말한 이 대사는 작품의 진행과정과 비극적 결말을 잘 보여준다.
이와 함께 우리 일생에 '중용'이 얼마나 중한가를 일깨워 주고 있다. 셰익스
피어의 작품 중 『햄릿』다음으로 많이 상연되고 영화화 된 『로미오와 쥴리엣』
을 다시 번역하기에 재미와 함께 두려움이 앞섰다.

순수한 사랑의 격렬함과 감미롭고 시적인 표현, 거칠고 외설스런 말장난,
박진감 넘치는 극의 진행을 한국어로 번역하여 원어의 맛을 살리고 대문호의
철학을 담아내기에는 어려움이 많은 것이 사실이다. 한편 한국셰익스피어학
회의 기획의도 대로, 원문을 최대한 살리고, 행을 지키며, 공연에 적합한 언어
를 찾되 현대감각에 맞추어 번역하기란 난해한 일이었다.

현명하게 서두르지 않겠다고 다짐하며 시작한 이 작업이 일 년여를 훌쩍
넘기는 동안 금년 셰익스피어 서거 400주년을 맞게 되었다. 『로미오와 쥴리
엣』은 지난 400여 년 동안 수많은 공연과 함께 수많은 언어로 번역되어 인류
문화에 기여한 바가 큰 것도 사실이다. 이러한 작업을 참신하게 하려다 보니
영어의 여러 판본을 근간으로 그동안 관계되고 출판된 많은 자료를 다시 보

게 되었다. 이러다보니 너무 시간이 걸리고 인내심을 키우게 되었다. 원문은 주로 New Cambridge 판본을 비롯하여 Arden Shakespeare 판, RSC 판본을 토대로 하고, 번역본은 최종철, 신정옥, 김재남의 것을 참조하였으며 고유명사는 주로 한국셰익스피어학회의 『셰익스피어 연극사전』을 따랐다.

성경에 이러한 구절이 있다. "뜨겁게 사랑하라, 사랑은 허다한 죄를 덮는다." 셰익스피어는 『로미오와 줄리엣』을 통하여 뜨겁게 사랑하다 격렬한 죽음으로 수대에 걸친 카퓰렛 가문과 몬태규 가문의 원한을 씻고 화해를 시키므로 베로나에 평화를 선사하는 모습을 보여주었다.

'무서운 아름다움'(예이츠)을 가진 이 작품은 하나하나 뜯어보면 아름다우면서도 모순투성이다. 이것이 또한 진정한 비극인지 아닌지는 아직도 학자들 간에 연구의 대상이 되고 있다. 이 아름답고도 쉽지 않은 작품을 강의시간을 떠나 새로운 번역이란 작업으로 다시 면밀히 살펴볼 수 있도록 기회를 마련해 준 한국셰익스피어학회 17대 박정근 회장을 비롯하여 전체 편집 책임을 맡은 이희원 교수, 그리고 여러 가지 어려운 상황에서도 흔쾌히 이 출판을 맡아주신 동인의 이성모 사장님께 깊이 감사를 드린다. 아울러 이 책이 나오기까지 긴 시간 동안 격려하고 아낌없이 도와준 S. J. Rosaline, 마지막 가장 중요한 시간에 컴퓨터 작업과 교정을 도와 아름다운 마무리를 하게 해준 방상문 군에게 더함 없는 고마움을 표시한다.

사랑을 위하여, 꿈을 이루기 위하여 죽음도 불사하는 젊은이들의 정열은 시대와 공간을 초월하여 영원한 것을 보여준다. 이러한 것의 영속성을 보여주는 셰익스피어의 위대성 또한 영원하리라.

2016. 2.

허종

| 차례 |

등장인물

에스칼루스 베로나의 영주 (공작)
머큐시오 영주의 친척, 로미오의 친구
파리스 백작 젊은 귀족, 영주의 친척, 줄리엣의 청혼자

몬태규 오랜 세월동안 캐퓰럿 가와 원수지간인 가문의 가장
몬태규 부인 그의 아내
로미오 그의 아들
벤볼리오 그의 조카, 로미오의 친구
아브라함 몬태규의 하인
발사자 로미오의 하인

캐퓰럿 오랜 세월동안 몬태규 가와 원수지간인 가문의 가장
캐퓰럿 부인 그의 아내
줄리엣 그의 딸
캐퓰럿의 사촌 형 노신사
티볼트 캐퓰럿 부인의 조카
유모 줄리엣의 유모
페트루키오 티볼트의 친구

피터 (유모의) 하인
샘슨 캐퓰럿 가의 하인
그레고리 캐퓰럿 가의 하인

로렌스 수사 프란체스코 파 소속 (신부)
존 수사 프란체스코 파 소속 (신부)
만투아의 약종상
약사 세 명
코러스 서사 역

기타 베로나의 시민들, 몬태규와 캐퓰럿 양가의 남녀 몇 사람, 가장무도회의
참석자들, 종자들, 시종들, 친위대, 하인들, 야경꾼들

장소 베로나와 만투아

프롤로그[1]

코러스 등장.

코러스 이 극은 다 같이 지체 높은 두 가문의 이야기로,

무대는 아름다운 베로나.

오래 묵은 원한[2]이 또다시 싸움의 불꽃을 튀기니

시민의 피로 시민의 손을 더럽히게 됩니다.

두 원수 집안에서 숙명적인 뱃속에서   5

별들이 알려준 불운한 한 쌍의[3] 연인이 태어났습니다.

슬프고 불운한 사랑의 종말이여, 두 연인의 죽음으로

부모들의 싸움도 땅에 묻었습니다.

죽음으로 끝맺은 애절한 사랑의 이야기.

두 젊은이가 영원히 눈을 감고,

끝 모르던 부모들의 분노의 불길은 이 자식들의 죽음으로 사그라   10

집니다.

---

1. 프롤로그: 서시. 셰익스피어 작품 중 극히 일부에만 있다. 그리스, 로마의 고전극 관습에 따라 코러스, 즉 한 사람의 서사 역 배우가 나타나 극 내용에 관한 간단한 설명을 해준다. 소네트(14행시) 형식을 취하며 특히 셰익스피어 소네트 형식으로 썼다.
2. 오래 묵은 원한: 전체 극을 이끌어가는 원인이 된다.
3. 불운한 한 쌍의: 원문에는 star-cross'd로 나옴. 당시 유럽인들은 별이 인간의 운명을 좌우한다는 보편적 생각을 가졌다. 이것은 이 극의 전체 내용과 결말을 알려주는 중요한 언급이다.

이제 두 시간 동안 이 무대에서 벌어지는 내용에
끝까지 참고 귀 기울여 보아주시기 바랍니다.
여기에 부족한 부분은 앞으로 힘써 고쳐보겠습니다.

(퇴장.)

1막

1장

베로나의 광장

캐퓰럿 가문의 샘슨과 그레고리,
칼과 둥근 방패를 들고 등장.

샘슨   그레고리, 이제는 모욕을 참을 수⁴가 없다.

그레고리   그래, 참을 수 없지, 우리가 건달인가.

샘슨   젠장, 이렇게 분통이 터지면 칼을 뽑을 수밖에 없지.

그레고리   살아 있다면 네 목부터 내놓고 해야 될 걸.

5   **샘슨**   나도 약이 오르면 벼락같이 내리친다구.

그레고리   넌 그렇게 빨리 약이 오르지 않아 탈이다.

샘슨   몬태규네 개를 보기만 해도 오장이 뒤틀려.

그레고리   화가 나면 성내고 용기 있으면 싸우는 법이야.

그런데 너는 화가 나면 후다닥 달아나잖아.

샘슨   난 그 집 개만 봐도 화가 치밀어 싸운다니까. 몬태규네 놈

10   들이나, 하녀 년들이나 나타나기만 하면, 보란 듯이 담 쪽 좋은

길⁵을 차지할 거야.

---

4. 모욕을 참다: 원문 not carry coals. 당시 석탄 나르는 일은 가장 천한 일이라고 생각
되어 이것은 모욕을 참는다로 해석됨.

5. 담 쪽 길: 당시에는 보도가 따로 없어 담 쪽 길은 깨끗한 곳이었으며 윗사람에게 양
보하는 것이 예의였다.

그레고리 그러니까, 등신이라는 거지, 오죽 못났으면 소란 중에
담에 착 붙어 가려하나.

샘슨 옳아, 그래서 약한 여잔 늘 담 쪽으로 밀려나게 마련이군. 15
그러니까 앞으로 몬태규네 오합지졸들을 담에서 떠밀어
내고, 하녀들은 담으로 밀어붙여야겠다.

그레고리 다툼은 어른들끼리, 싸움은 하인들끼리 하는 거야. 20

샘슨 싸우는 건 같아. 내 실컷 행패를 부려볼 거야. 녀석들과
싸움만 끝나봐라, 하녀들에게는 멋지게 대하여 고년들 대가리를
잘라 버릴 거야.

그레고리 계집들 대가리를?

샘슨 암, 고년들 모가지든ー그것들 처녀성이거든. 25
네가 좋을 대로 생각해.

그레고리 고년들 심심치 않게 좋은 맛을 보게 되겠군.

샘슨 내 물건이 서 있는 동안에야 제법 재밀 볼 테지.
내 물건이야 아주 좋다고 세상이 다 아는 일 아닌가.

그레고리 네가 물고기[6]가 아니니 천만다행이다. 그랬었다면 30
필경 건어물이 되었을 거다. 어서 연장을 뽑아. 몬태규네 패거리
두 놈이 온다.

두 명의 다른 하인 등장(아브라함과 발사자).

샘슨 칼을 뺐다. 네가 싸움을 걸어. 뒤는 내가 봐줄게.

---

6. 물고기: 셰익스피어시대의 속어로 여자를 가리킴.

³⁵ **그레고리** 뒤를 봐 준다니! 돌아서 줄행랑치려고?

샘슨 걱정 마.

그레고리 천만에! 나는 네가 걱정이다.

샘슨 법적으로 우리가 유리하도록 저쪽에서 시비를 걸게 해.

⁴⁰ **그레고리** 지나가면서 인상을 써볼게, 놈들이 어떻게 생각하던 말이야.

샘슨 아냐, 놈들의 배짱 나름이야. 엄지손가락으로 욕을 해줄 테다.

그래도 참는다면 놈들이 꼴불견이지.

⁴⁵ **아브라함** 우리보고 손가락을 깨물어?

샘슨 내 손가락 내가 깨무는데 왜 이래.

아브라함 우리더러 보라는 게 아냐, 응?

샘슨 (그레고리에게 방백) '그렇다'고 말하면 법적으로 유리할까?

그레고리 (샘슨에게 방백) 아니지.

샘슨 (아브라함에게 응답하며) 천만에, 너희들 보고 깨무는 건

아니지. 내 손가락 내가 깨물었을 뿐⁷이야.

⁵⁰ **그레고리** 시비를 거는 건가?

아브라함 시비라니! 천만에.

샘슨 해볼 테면 해봐, 상대해 주지. 나도 너희들 못지않은 훌륭하신

주인을 모시고 있으니까.

아브라함 더 훌륭할 건 없지.

⁵⁵ **샘슨** 글쎄.

---

7. 내 손가락을 깨물다: 셰익스피어 당시에 상대방을 경멸하거나 도전을 표시하는 동
　작.

벤볼리오[8] 등장.

그레고리 (샘슨에게 방백) 더 훌륭하다고 해. 주인나리 친척이

오셔.

샘슨 그래, 더 훌륭하지.

아브라함 헛소리 하네.

샘슨 사내들이라면 칼을 뽑아라. 그레고리, 호되게 먹여줘.　60

벤볼리오 떨어져, 이 바보들아!

칼을 집어넣어, 무슨 짓을 하는지도 몰라서 그러는가.

(칼을 뽑아 두 사람을 떼어놓으려 한다.)

티볼트 등장.

티볼트 야, 이 피라미들 사이에 칼을 빼든단 말이냐?

이쪽을 봐라, 벤볼리오. 어디 죽어봐.　65

벤볼리오 난 싸움을 말리는 것뿐. 칼을 거두어.

아니면 나와 함께 이 패들을 떼 놓아다오.

티볼트 어쩌고 어째? 칼을 뽑아들고 말리는 거라고? 헛소리

하지 마.

지옥이나 몬태규 놈들이나, 다 역겹다.

내 칼을 받아라, 비겁한 놈!　70

(두 사람 싸운다.)

---

8. 벤볼리오: Benvolio라는 이름은 이태리어로 "선의를 지닌"이란 의미. 호전적인 티볼
트와 비교됨.

양가의 몇몇 사람들, 싸움에 가세한다. 이어서 시민 3, 4명,
몽둥이나 창을 들고 등장.

시민들 몽둥이다, 도끼다, 창이다! 쳐라! 놈들을 때려눕혀!
캐퓰렛 패거릴 때려눕혀! 몬태규 패거리도 때려잡아!

잠옷 차림의 캐퓰렛과 그의 부인 등장.

75 **캐퓰렛** 웬 소동이냐? 내 긴 칼을 이리 다오!
캐퓰렛 부인 지팡이, 지팡이죠! 칼을 왜 찾아요?
캐퓰렛 칼을 달래두! 늙은 몬태규 놈이 오고 있다.
어느 안전이라고 칼을 휘두르며 말이다.

몬태규와 그의 부인 등장.

몬태규 이 악당 캐퓰렛! (그의 부인에게) 놓아요. 놓으라니까.
몬태규 부인 싸우려는 거면, 한 발자국도 못나가요.

에스칼루스 영주가 그의 일행을 거느리고 등장.

영주 폭동을 일삼는 것들, 평화의 적들.
80 이웃의 피로 칼을 물들이는 고얀 것들 —
내 말이 안 들리느냐? 아니! 짐승만도 못한 것들,
너희들이 흉악한 분노의 불을 너희들 핏줄기에서
치솟는 붉은 분수로 끄겠단 말인가!

고문이 두렵거든, 피로 얼룩진 손에서

무기를 땅에 던지고, 노한 이 85

영주의 선고를 듣거라.

캐퓰럿, 몬태규, 당신들은

하찮은 말싸움 끝에 세 번씩이나 소동을 일으켜

이 거리의 평온을 깨뜨렸다.

그때마다 베로나의 노인장들도 90

그 몸에 어울리는 장신구와 지팡이를 내던지고,

평화에 녹슨 낡은 창을 늙은 손으로 휘둘러

당신들의 해묵은 증오를 뜯어 말렸지 않았는가.

또다시 우리 거리를 소란케 하는 날이면,

치안 교란 죄로 목숨이 붙어 있기 어려울 것이니, 95

이번은 모두 순순히 물러가라.

캐퓰럿, 당신은 나와 함께 가고,

몬태규, 오늘 오후에 이번 사건에 대해

좀 더 나의 생각을 말할 것인즉 당신은

프리타운⁹에 있는 공공 법정에 출두하라. 100

다시 한 번 명령한다, 목숨이 아깝거든 다들 물러가라.

(몬태규, 몬태규 부인, 벤볼리오만 남겨두고 모두 퇴장.)

몬태규 누가 이 해묵은 싸움을 또 터뜨렸느냐?

여봐라 조카 벤볼리오, 넌 처음부터 이곳에 있었느냐?

---

9. 프리타운 Free-town: 셰익스피어가 이 작품을 쓸 때 참고했던 『로미우스와 줄리엣
   의 비극이야기』(Arthur Brook 번역)에는 이 지명이 캐퓰럿의 저택이름이었다.

벤볼리오 제가 이곳에 왔을 때, 이미 양가의 하인들이
105   싸움을 벌이고 있었습니다.

    제가 칼을 빼들고 싸움을 말리는데,

    눈에 불똥을 튀기며 티볼트가 칼을 빼들고 대들면서

    저의 귀에 악담을 퍼붓고 머리 위로 칼을 휘두르는데,

    허공만 가를 뿐 아무도 다친 사람은 없었고,

110   쉬하는 소리만이 그놈을 조롱했었습니다.

    우리가 한참 치고받고 할 때,

    사람들이 모여들어 대판 패싸움이 벌어지고,

    영주님이 오셔서 양편의 싸움을 가라앉게 한 겁니다.

몬태규 부인 로미오는? 오늘 보았느냐?
115   이 싸움에 끼지 않아서 정말 다행이다.

벤볼리오 마님, 숭고한 태양이 동녘의 금빛 창에서

    얼굴을 내밀기 한 시간 전에

    마음이 산란해서 집밖에서 산책하고 있었습니다.

120   그런데 시가지 서쪽 단풍나무 숲 그늘에서

    그처럼 꼭두새벽인데도

    산책 나온 로미오를 보았어요.

    가까이 가려고 하니까, 절 알아보고,

125   그는 숲 속으로 숨었답니다.

    제 경우에 비추어 그의 심정을 헤아려,

    괴롭고 지친 마음에 자기 자신도 가누기 어려운 터라,

    되도록 인기척 없는 곳을 찾으려는 거라 생각했지요.

저는 기분대로, 로미오의 뒤를 좇지 않고,

피하려는 그를 기꺼이 피해주었습니다.

몬태규 여러 날 아침마다 아들은 그곳에 가는 것이 눈에 띄더구나.

신선한 아침이슬에 눈물을 뿌려주고 130

깊은 한숨으로 흐린 하늘을 더욱 흐리게 하였다지만,

만물을 기쁘게 해주는 태양이

저 멀고 먼 동녘에, 새벽여신 오로라의

침실에서 검은 휘장을 젖히기 시작하면,

우울한 내 아들이 빛을 피해 슬그머니 135

집안에 들어서며, 자기를 제 방에 가두며

창문을 닫아 아름다운 햇빛을 막아서

자기 스스로 밤을 만든단다. 잘 타일러서

그 뿌리를 뽑지 않으면 그런 심정은

비참하고 불길한 일을 빚어내고 말 거야. 140

벤볼리오 마님, 왜 그러는지 아십니까?

몬태규 글쎄, 모르기도 하지만, 알아낼 도리가 있어야지.

벤볼리오 여러 가지로 캐물어 보셨어요?

몬태규 나뿐만 아니라, 여러 친구들까지도 그랬단다.

그러나 그 애는 자기 마음에만 145

집착하여―얼마나 진지한 건지는 알 수 없으나―

제 비밀을 자기 혼자서만 간직하니, 그 애 속을

한 치라도 가늠하거나 알아낼 수가 있어야지.

마치 꽃봉오리가 향기로운 꽃잎을 대기 속에

150 활짝 펴고 그 아름다운 모습을 해님께 바치기도 전에,

심술궂은 벌레에게 먹히는 것과 같아.

그 슬픔이 자라는 뿌리를 알 수만 있다면

기꺼이 처방을 써줄 수 있으련만.

로미오 등장.

벤볼리오 저기 로미오가 옵니다! 잠시 저쪽으로.

155 그 속내를 떠보겠습니다, 거부당할지도 모릅니다만.

몬태규 네가 여기 남아 있다가 아들의 마음속을

알아낼 수만 있다면 얼마나 좋겠느냐. 여보, 갑시다.

(몬태규와 그의 부인 퇴장.)

벤볼리오 로미오 — 잘 잤어?

로미오 아직도 이른 아침인가?

벤볼리오 그럼, 방금 아홉 시를 친 걸.

로미오 아! 슬픈 시간은 길기도 하다.

160 지금 서둘러 나가신 분은 내 아버님이시지?

벤볼리오 그래, 무엇이 슬퍼서 너의 시간은 긴 거지?

로미오 시간을 짧게 해주는 방법을 못 가진 것이지.

165 **벤볼리오** 사랑에 빠진 건가?

로미오 겉도는 거야.

벤볼리오 놀랐다, 겉으로 상냥해 보이는 사랑이

그렇게도 포악하고 비정하다니!

로미오 아아, 사랑의 신은 언제나 눈을 가리고도

곧잘 제 갈 길을 보지도 못하면서 찾아가는 거야! 170

어디서 식사할까? 이런, 여기서 대판 싸움이 있었지?

말하지 마. 다 들었으니까.

증오 때문에 일어난 소동이지만, 사랑의 경우는 더 심해.

그렇게 보면, 오, 싸우는 사랑! 오, 사랑하는 미움이라![10]

오, 원래 무에서 창조된 것인데. 175

오, 차분히 가라앉은 바람기, 심각한 경박함.

근사한 겉모습에 가려진 뒤틀린 혼돈,

납덩이 같은 깃털, 밝은 연기, 차가운 불, 병든 건강,

잠이라고 할 수도 없는 늘 깨어있는 잠!

이렇게 사랑하지 않는 것을 느끼면서 사랑을 하고 있어. 180

웃지도 않는가?

벤볼리오 아니 울고 싶군.

로미오 그건 왜?

벤볼리오 너의 착한 마음이 고통을 당하니까.

로미오 저런, 그런 동정이 오히려 문젯거리다.

내 자신의 슬픔만으로도 가슴이 무거운데, 185

너의 몫까지 걸머지게 되다니 더욱 짓눌려.

네가 보여주는 동정은

넘쳐나는 나의 슬픔을 늘릴 뿐이야.

---

10. 싸우는 사랑. 사랑하는 미움: 원수 간의 사랑을 잘 나타냈음. 이러한 모순어법
(oxymoron)은 당시 사람들이 좋아하던 패러독스였다. 여기서는 '사랑'을 일반적으
로 변덕스러운 자가당착으로 표현하였다.

사랑은 한숨의 입김에서 피어오르는 연기지.

맑으면 애인의 눈 속에 빛나는 불꽃이요,

190 흐려지면 애인의 눈물이 쏟아지는 바다야.

바로 그런 것이 아닌가? 가장 분별 있는 미친 짓.

숨 막히는 쓴 약이지, 생명을 부지하는 감로수이기도 해.

195 그럼 잘 있어, 벤볼리오.

벤볼리오 잠깐, 나도 같이 가.

날 버려두고 가다니, 너무하다.

로미오 나 자신을 잃어버렸어, 난 여기에 없어.

난 로미오가 아냐. 그 앤 딴 곳에 가 있다고.

200 **벤볼리오** 진정으로 말해봐, 네가 사랑하는 여자는 누군가?

로미오 뭐야, 고민을 털어놓으라고?

벤볼리오 고민! 천만에, 누군지 사실을 말해.

로미오 고민하는 환자에게 유서를 쓰라는 건가?

상사병에 걸린 사람에겐 섭섭한 말이다!

205 사실은 말이야, 한 여자를 사랑하고 있어.

벤볼리오 사랑한다고 짐작하였으니 과녁을 어지간히 맞혔군.

로미오 대단한 명사수로군! 내 사랑은 미인이야.

벤볼리오 멋진 표적이라면 바로 쏘아 맞혀야지.

로미오 이번엔 빗나갔어, 쏘아봤자 맞질 않아,

210 큐피드의 화살에도.

달의 여신 다이애나"의 슬기를 갖고 있는 데다,

---

11. 다이애나: 순결의 여신, 사랑과 결혼을 반대함.

순결이란 갑옷으로 단단히 무장하고 있어.

어설픈 사랑의 신의 화살엔 끄덕도 안 한단 말야.

고소한 사랑의 말을 퍼부어도 요지부동,

달콤한 구애의 말에도 끄떡 없고, 추파를 던져도 태연하거든.

성인(聖人)조차도 홀리는 황금에도 무릎을 벌리지 않아.   215

오, 그녀가 대단한 미인이긴 하나, 얼마나 애석한 일인가,

죽으면 아름다움도 사라질 테니.

벤볼리오 일평생 독신으로 산다고 맹세한 거야?

로미오 그래, 그 인색함이 실은 큰 낭비가 아닌가.

아름다움이 절제 때문에 굶주려 죽게 되면,   220

자손만대로 이어질 아름다움도 끝장내는 것이지.

그녀는 너무나 아름답고, 너무나 영특해, 영특한 만큼

아름다워.

날 절망시켜서야 어찌 하늘의 축복을 받을 수 있겠나.

그녀가 사랑 따윈 하지 않겠다고 맹세했으니, 그 맹세로

지금 이런 말을 하고 있는 난 산송장이나 다름없어.   225

벤볼리오 내 말을 듣고, 그 여자 생각은 싹 잊어버려.

로미오 오, 어떻게 하면 잊을 수 있는지 가르쳐다오!

벤볼리오 네 눈에 자유를 주는 거야.

다른 미녀들을 찾아봐야지.

로미오   그건 그녀의 미를

더욱 돋보이게 하는 것밖에 안 돼.   230

미녀의 이마에 입 맞추는 행복한 가면은

검기 때문에 도리어 가려진 아름다움을 생각하게 하지.

별안간 눈이 먼 사람은 잃어버린 시력의

소중함을 잊을 수 없는 법이야.

235   뛰어난 미인을 나에게 보여다오.

그러나 그런 미모가 무슨 소용이 있겠는가?

더 뛰어난 미인을 생각하게 해주는 게 고작이지.

잘 있어, 잊게 하는 방법을 대주지도 못할 걸.

벤볼리오 그 방법을 가르쳐줄게. 한사코 해줄 것이다.

(두 사람 퇴장.)

2장

베로나의 거리

늦은 오후, 캐퓰럿, 파리스 백작, 광대와 캐퓰럿의 하인 등장.

캐퓰럿 그러나 나뿐만 아니라 몬태규도,

마찬가지의 죄로 처벌을 받게 되었소. 하기야 생각해 보면

우리 같은 늙은이들이 화해하는 건 어려운 일도 아니요.

파리스 명성이 높은 두 분 가문이

그토록 오랫동안 불화하시니 안타깝습니다.   5

그건 그렇고, 제 청혼은 어찌 하시렵니까?

캐퓰럿 전에 한 말을 되풀이 할 수밖에 없군요.

내 딸아이는 아직도 세상 물정을 몰라요.

열네 살도 채 되지 않았으니,[12]

두 여름의 화사한 꽃들이 시들고 나서야 겨우   10

신붓감이 될 만하다고 생각할 수 있어요.

파리스 더 어린데 행복한 어머니가 된 딸들도 있습니다.

캐퓰럿 일찍 시집가면 일찍 망쳐지지요.

희망을 걸었던 다른 자식들은 다 죽고,

---

12. 열네 살도 채 되지 않은: 줄리엣의 나이를 14세로 한 것은 셰익스피어의 창작.
Brook은 16세, Parinter는 그의 작품에서 18세로 했다. 당시의 사람들은 처녀의
14~15세를 결혼 적령기로 생각했다.

딸이 내 재산을 상속할 유일한 희망이오.

백작이 사랑을 호소해서 마음을 잡아보시구려.

내 뜻은 그 애의 승낙의 한 부분일 뿐.

딸이 좋다고 하면 나도 승낙을 하는 것이니

그 애가 선택한 대로 따를 것이요.

오늘밤 오랜 관례대로 연회를 베풀려고 하오.

친분이 있는 분들을 많이 초청했어요,

백작도 초청 명단에 있으니,

귀빈이 한 사람 늘면 금상첨화가 될 것이요.

누추한 집이긴 하지만 어두운 밤하늘을 밝게 비추는

이 땅의 기라성 같은 미녀들을 만나보시구려.

겨울이 절뚝거리며 사라지고

성장을 한 4월이 오면, 팔팔한 젊은이들이

느끼는 그런 기쁨 ─ 그것을 백작은 오늘밤 우리 집에서

꽃봉오리 같은 싱싱한 처녀들의 물결 속에서

마음껏 맛보게 될 것이오. 눈여겨보고, 들은 다음,

심성이 가장 뛰어난 처녀를 사랑하도록 하오.

잘 눈여겨보시면 내 딸애도 그중의 하나니까,

머릿수 중에는 들겠지만, 어디 손에 꼽힐 수 있는지.

자, 함께 갑시다. (하인에게 쪽지를 주며) 이봐라,

아름다운 베로나 시가를 돌아다니면서, 여기에 적혀 있는

분들을 다 찾아내서, 부디 우리집에

왕림해 주십사 하고 전해라.

하인 (종이쪽지를 뒤적이며) 여기 이름이 적힌 사람을 찾으라고!

구두장이가 잣대를, 재단사가 구두골을, 낚시꾼이 화필을,

화가가 그물을 치라고나 써 있겠지, 여기 적혀 있는 분들을   40

찾아가라는 건데, 까막눈이니 누구 이름을 써놓은 건지 알

수가 있나. 어쩐다. 글을 아는 사람부터 찾아봐야겠다. 마침

잘됐군.

벤볼리오와 로미오 등장.

벤볼리오 이봐, 이 친구야, 불은 불로 끄는 거야.   45

고통은 다른 고통으로 잡는 거고.

뱅뱅 맴돌다가 현기증이 나면 반대쪽으로 돌면 나아져,

절망적인 슬픔도 다른 슬픔으로 가셔질 수 있어.

네 눈에 새 눈병이 걸리면

오랜 눈병은 온데간데없어져   50

로미오 그런 병에는 질경이 잎이 특효라던데.

벤볼리오 무슨 병이라고?

로미오   상처 입은 네 정강이.

벤볼리오 아니, 로미오, 너 미쳤어?

로미오 미치다니, 천만에, 그러나 미치광이 이상으로 괴로워.

감옥에 갇혀서, 제대로 끼니도 얻어먹지 못하는 거야,   55

곤장을 맞고 고문을 당하고 — 아, 잘 있었나, 이 사람아.

하인 안녕합쇼, 나리. 나리께서는 글을 읽을 수 아시죠?

로미오 암, 알지, 내 불행 속에서 내 운명쯤이야 아다마다.

하인 그거야 글이 없어도 아실 수 있습죠. 제 말씀은 눈으로

60   보아 읽으실 줄 아시냐구요?

로미오 암, 아는 글자와 말이라면.

하인 솔직한 말씀이십니다요. 그럼 안녕히 계십쇼!

(하인, 돌아서서 가려고 한다.)

로미오 잠깐, 이봐, 글을 읽을 줄 안다니까.

(명단을 읽는다.)

마르티노 씨와 영부인과 영애들, 안셀므 백작과 아름다운 자매들,

65   비트루비오 미망인, 시뇨르 플라센시오와 예쁜 질녀들, 머큐시

오와 그의 동생 발렌타인, 캐퓰럿 종형 내외분과 영애들, 나의

아름다운 질녀 로잘린과 리비아, 바렌시오 씨와 그의 종제 티볼트,

루시오와 발랄한 헬레나 양.

70   대단한 모임이군. 어디에 모이는 거지?

하인 저 위라구요 —

로미오 연희가 어디냐구?

하인 저희 집입죠.

로미오 누구네 집?

75 **하인** 제 주인댁입죠.

로미오 그렇구나, 그걸 먼저 물었어야 했다.

하인 묻지 않으셔도 말합니다요. 제 주인께서는 대부호 캐퓰럿

나리시고요. 나리께서도 몬태규 집 사람만 아니시면 부디

오셔서 술을 즐기세요. 그럼 안녕히 계세요!

(퇴장.)

벤볼리오 캐퓰렛 가의 관행인 이 잔치엔,　　　　　　　　　　　　80

　　　　베로나의 꽃 같은 미녀들과 함께,

　　　　네가 몸살 나게 연모하는 어여쁜 로잘린도 참석할 거야.

　　　　거기 가자. 내가 보여주는 미녀들과

　　　　그녀의 얼굴을 공평한 눈으로 비교해 봐. 그럼　　　　85

　　　　너의 백조는 까마귀에 불과하다는 걸 알게 될 테니.

로미오 신앙심 깊은 이 눈이

　　　　그 따위 거짓을 믿는다면 눈물도 불꽃으로 변해버려라!

　　　　곧잘 눈물에 빠지면서도 죽지 못한 뻔한

　　　　이단자의 눈은 거짓을 말한 죄로 화형에 처하는 거다!　　90

　　　　내 연인보다 더 아름답다고? 만물을 비추는 태양도

　　　　천지창조 이래 그녀와 같은 미인은 보지 못했을 거야.

벤볼리오 쳇, 비교할 여자가 옆에 없으니까, 미인으로 생각하는

　　　　거지.

　　　　양쪽 눈 모두에 그녀 하나만을 섬겨봤으니.

　　　　그러나 수정저울[13] 한쪽에 너의 연인을 올려놓고.　　　95

　　　　다른 또 한쪽에 오늘 연회에서 빛을 발하는

　　　　다른 미인을 올려놓고 저울질 해보라고,

　　　　최고로 보이는 여자도 별로 신통치 않을 걸.

로미오 가긴 간다, 그런 여자를 보기 위해서가 아니야,

---

13. 수정저울: 로미오의 눈.

1막 2장　**31**

내 님의 찬란한 아름다움을 즐기기 위해서야.

(두 사람 퇴장.)

3장

베로나, 캐퓰럿 저택의 한 방

캐퓰럿 부인과 유모 등장.

캐퓰럿 부인 유모, 딸애는 어디 있지? 그 애 좀 불러와요.

유모 예, 저의 열두 살 때의 처녀성을 걸고 맹세해요,

오라고 일렀죠. 이봐요, 양(羊) 아가씨! 사랑스런 아가씨!

아니 왜 이러지! 아가씨, 어디 계세요? 줄리엣 아가씨!

줄리엣 등장.

줄리엣 왜 그래? 누가 부르는 거야?

유모   마님께서요.

줄리엣 어머니, 나 여기 있어. 무슨 일인데?   5

캐퓰럿 부인 이 일 때문이야. 유모, 잠깐 자리를 비켜주게.

우리끼리 할 얘기가 있어ㅡ아냐, 유모 이리 와요.

다시 생각해보니 유모도 같이 듣는 게 좋겠어.

유모도 알다시피 이 애도 한창 나이가 됐지 않아?   10

유모 아가씨 나이라면 제가 정확히 시간까지도 알고 있어요.

캐퓰럿 부인 열네 살은 아직 안 됐지.

유모 제 이빨 열네 개를 두고 맹세하죠ㅡ

하긴 서글프게도 네 개밖에 없지만요—

아가씬 열네 살이 안 돼요. 팔월 초하루

추수절[14]이 며칠 남았죠?

15 **캐퓰럿 부인**　　두 주일 하고도 며칠.

유모　짝수 홀수 따질 것 없이 일 년 삼백육십오 일 중

추수절 전날 밤이 되면 아가씬 열네 살이 되죠.

딸년 수잔과 아가씬—신이여 자비를 베푸소서!—

동갑이었어요. 그러나 수잔은 하나님 품에 안겼죠.

20 딸은 제게 너무 과분했나 봅니다. 아무튼

추수절 전날 밤이면 아가씬 열네 살이 되죠.

정말 그렇고말고! 잘 기억하고 있어요.

지진이 일어난 지 열한 해[15]가 되지만.

아가씬 그날 젖을 떼었어요—전 절대로 잊지 못하죠—

25 일 년 삼백육십오 일 가운데 바로 그날이었어요.

그날 젖꼭지에다 쓴 약쑥 즙을 발랐죠.

비둘기 집 담 밑에서 햇볕을 쬐고 있었어요.

나리와 마님은 만투아에 가셨고—

그래요, 제 기억이야 생생하다니까요! 그건 그렇고,

30 아가씬 제 젖꼭지에서 쑥물 맛을 빨고,

쓴맛이 났을 테죠. 그 귀염둥이가

---

14. 추수절(Lammas-tide): (영) 8월 1일에 첫 곡식을 거두는 축제일.

15. 지진 난지 십일 년: 이것은 1580년 4월 6일 영국에서 일어났던 지진을 언급했다는

설도 있음.

젖꼭지를 붙들고 칭얼대고 하지 않겠어요.

그때 비둘기 집이 덜컹 흔들리기 시작했죠. 저더러

그 자릴 뜨라고 말해줄 필요도 없었죠, 급히 달아났어요.

그로부터 벌써 열한 해가 지났지만요.   35

그땐 아가씨가 혼자 설 수 있었어요. 아니 정말이에요.

여기저기 아장아장 걸음마도 했고, 뛰어다니기도 했어요.

그런데 말이에요, 그 전날만 해도 이마를 다쳤는데,

그때 남편은—하나님, 그이의 명복을 빕니다!

퍽 재미있는 분이었어요— 아가씨를 끌어안으며   40

말했어요, "어이구 앞으로 넘어지셨군요?

철이 들면 벌렁 뒤로 자빠지면 돼요,

안 그래요, 줄?"하고 말했더니 정말이지

그 귀여운 아가씨가 울음을 멈추고 "응" 했어요.

드디어 이 농담이 진담이 되다니요!   45

참말이지 천 년을 산다 해도 절대로 잊을 수 없다구요,

"안 그래요, 줄?"하고 그이가 말하니까

"응"하고 울음을 그쳤다는 거예요.

캐퓰럿 부인 그만해요. 부탁이야, 조용하라니까.

유모 네 마님. 하지만 애기가 울다 말고 "응"하고,   50

대답하던 걸 생각하면 웃지 않을 수가 없어요.

그러나 아기씨 이마에

어린 수탉 불알만한 혹이 생겼습죠.

심하게 부딪친 겁니다. 아기씬 몹시 우셨죠.

남편이 "어이구 앞으로 넘어지셨군요?

55 철이 들면 벌렁 뒤로 자빠지면 돼요. 안 그래요, 줄?"

하니까. 울다 말고 "응"했다지 않아요.

줄리엣 제발 그만 좀 해, 유모. 그만 하래도.

유모 네, 그만두죠. 아가씨에게 축복이 있기를!

60 아가씬 내가 키운 애기들 가운데에서 가장 예뻤죠.

아가씨 시집가는 걸 보고 죽는다면

한이 없겠습니다요.

캐퓰렛 부인 그 말이야, 내가 말하려는 것도

바로 결혼 얘기야. 얘야 말해봐라 줄리엣,

65 결혼에 대해서 넌 어떻게 생각하지?

줄리엣 꿈에도 생각 못한 영광이로군요.

유모 영광이고 말고요! 내가 아가씨의 유모만 아니었다면

아가씬 그런 지혜를 유모의 젖에서 받았다고 말하고 싶네요.

캐퓰렛 부인 그렇다면 지금부터 결혼을 생각해봐라.

70 이 베로나에선 너보다 어린 나이의 규수들이

벌써 엄마가 되어 있단다. 내 경우만 해도,

너는 지금 처녀지만, 나는 네 나이에

너를 낳았단다. 간단히 말해서 저 늠름한

파리스 백작이 널 신부로 맞겠다지 뭐냐.

75 **유모** 남자다운 분이죠, 아가씨! 그 어른이라면

온 세상에서 — 암요, 나무랄 데 없는 분이죠.

캐퓰렛 부인 베로나의 여름이라 해도 그분 같이 멋진 꽃은 볼

수 없다.

유모 맞아요, 그분은 꽃이고 말구요. 정말 멋진 꽃이에요.

캐퓰럿 부인 네 생각은 어떠냐? 그 어른을 사랑할 수 있겠니?

오늘밤 잔치에서 그분을 뵙게 될 거다.   80

젊은 파리스 백작의 얼굴을 책이라 생각하고 자세히 읽어보렴.

아름다운 붓 끝이 그려놓은 즐거움을 찾아보는 거다.

잘 어우러진 이목구비를 살펴서

그 하나하나가 얼마나 조화되어 있는지 보는 거다.

아름다운 용모라는 책에서 찾아볼 수 없는 건,   85

눈의 여백에 쓰여 있으니 찾아보렴.

아직 제본이 안 된 소중한 사랑의 책과 같은 애인이라고 할까.

이 책은 표지만 붙이면 곱게 완성되는 거다.

물고기는 바다에서 사는 거다. 바깥의 아름다움은

안에 간직하는 미를 얻어 비로소 자랑스럽게 빛난단다.   90

많은 사람들이 찬양하는 책은

황금의 얘기가 황금의 고리 속에 잠겨 있는 거야.

그러니 네가 그분을 남편으로 삼으면 너 자신은

하나도 잃지 않고 그분의 모든 것을 나누어 갖게 될 거야.

유모 잃다니? 더 얻는 거죠! 여자란 남자로 해서 아기를 갖죠.   95

캐퓰럿 부인 딱 잘라 말해서 파리스 백작의 사랑을 좋아하게 될까?

줄리엣 좋아하도록 만나보겠어. 하지만 제 눈에서

쏘아올린 화살은 엄마가 승낙하는 곳 이상으로

높은 곳까지는 박히지 않을 거예요.

하인 등장.

100 **하인** 마님, 손님들도 오셨고, 만찬 준비도 다 됐고, 마님을
부르고 계시고, 아가씨도 오시라 하시며, 주방에선 유모를
헐뜯고, 모든 게 뒤죽박죽이랍니다. 가서 일봐야 해요. 지체
마시고 곧 뒤따라오십쇼. (하인 퇴장.)

캐퓰럿 부인 곧 가겠네. 줄리엣, 백작님이 기다리신다.

유모 아가씨, 행복한 낮에 이어 행복한 밤을 찾으세요.

(모두 퇴장.)

4장

베로나, 캐퓰럿 집 앞

로미오 머큐시오, 벤볼리오, 가면을 쓴 대여섯 명의 사람들,
횃불을 든 사람들 등장.

로미오 어때, 우리 인사치레라도 할까?

아니면 군말 없이 밀고 들어갈까?

벤볼리오 그런 장황한 짓은 옛날이야기다.

스카프로 눈을 가린 큐피드처럼 타타르 인의   5

알록달록한 장난감 활을 들고 허수아비처럼

여성들을 놀라게 하는 짓은 필요 없단 말야.

등장한다고 프롬프터를 따라

더듬더듬 외우는 서사도 그만둬.

그들 좋은 대로 생각하라고 하고.

우리는 들어가서 실컷 춤이나 추고 나오면 돼.   10

로미오 횃불을 줘. 춤을 출 기분이 아냐.

마음이 무거우니, 횃불이나 들기로 하겠다.

머큐시오 아냐, 로미오. 꼭 춤을 추게 할 거야.

로미오 안 된다니까. 너희들이 춤추는 구두는

밑창이 가볍지만, 내 마음은 납덩이처럼 무거워   15

땅바닥에 딱 달라붙어 있으니 꼼짝도 할 수 없어.

머큐시오 넌 연애를 하고 있잖아, 큐피드의 날개를 빌어

하늘 높이 훨훨 날아봐.

로미오 그놈의 화살에 깊이 맞아,

20   그의 가벼운 날개론 날을 수가 없어. 워낙 꽉 묶여 있으니

무거운 괴로움에서 한 치도 벗어날 수 없다고.

사랑의 무거운 짐에 짓눌려 가라앉았어.

머큐시오 사랑 때문에 짓눌렸다면 애인에겐 짐이 되겠는걸.

가냘픈 짓이 감내하기엔 너무나 힘이 들겠다.

25 **로미오** 가냘프다고? 사랑은 억세고

암팡지고 사나운 거야. 가시처럼 찌르기도 하고.

머큐시오 사랑이 억세게 굴거든 너도 억세게 해줘야지.

너를 찌르거든 너도 찔러. 그래야 사랑을 굴복시킬 수 있다고.

내 얼굴 좀 가리게 가면을 이리 다오.

(가면을 쓴다.)

30   추악한 낯짝에 탈바가지라! 호기심에 찬 눈초리가

이 못생긴 상판대기를 쳐다본들 상관있나?

툭 불거진 이마가 내 대신 얼굴을 붉힐 거다.

벤볼리오 자, 문을 두드리고 들어가자, 들어가자마자,

모두 어울려 춤을 추는 거야.

35 **로미오** 횃불을 이리 줘! 마음이 들뜬 난봉꾼들이나

바닥에 깔린 감각 없는 돗자리¹⁶를

16. 돗자리: 원문에서는 골풀. 당시에는 마룻바닥이나 무대에 골풀을 깔았다. 그건 춤

발뒤꿈치로 비벼대라고.

옛 속담에도 있듯이 나는

횃불을 들고 구경이나 하겠다.

놀음판이 좋지 않으면 물러나는 거지.

머큐시오 그만 물러나라는 건 순경이나 할 소리다!　　　　　40

네가 진흙으로 빠진 말이라면 우리가 건져주지.

―미안한 얘기지만―네가 사랑에 귀밑까지

흠뻑 빠져있다는 거야. 가자, 이건 대낮의 횃불이다, 가자!

로미오 아니, 대낮은 아냐.

머큐시오　　　　　내 말은 우물쭈물하다가는　　　　　45

대낮의 횃불 모양으로 쓸모없게 횃불을 낭비한다는 거다.

내 말을 새겨서 들어. 인간의 판단력이란 선의로 받아들일 때,

오 감각으로 그 지혜는 다섯 배나 현명하게 된다는 거야.

로미오 가면무도회에 가는 거야 좋지만

그렇게 현명하진 못해.

머큐시오　　　　　어째서 그렇지?

로미오 실은 간밤에 꿈을 꾸었어.

머큐시오　　　　　나도 꾸었는걸.　　　　　50

로미오 그래, 무슨 꿈이야?

머큐시오　　　　　꿈을 꾸는 자가 종종 거짓말을 한다는 것.

로미오 침대에서 자면 진짜 꿈을 꾼다더라.

추는 사람들의 발에 아무 감각을 주지 않기 때문임. 지금은 잃어버린 문화가 되었
음.

머큐시오 오라, 그럼 알겠다, 요정의 여왕 맵[17]이 너와 함께

있었어.

맵은 꿈을 주는 요정의 산파라고. 그리고 맵 여왕은

시의원 나리 집게손가락에 낀

55 마노보석에 새겨진 인물보다 더 작은 모습으로

난쟁이들에게 수레를 끌게 해서

잠자는 사람들의 코 위를 지나간단 말야.

맵의 수레는 속이 빈 개암나무 열매인데,

60 옛날부터 요정들의 수레를 만드는

목수인 다람쥐나 굼벵이가 만들었어.

마차의 바퀴살은 거미의 긴 다리로 만들었고,

뚜껑은 잠자리의 날개,

고삐는 가는 거미줄로,

65 목테는 물기어린 달빛으로,

채찍은 귀뚜라미 뼈로, 채찍 끈은 거미줄로 만들었고,

마부는 회색 외투를 입은 모기새끼야,

게으른 계집애의 손가락에서 빠져나온

조그마한 구더기 크기의 반밖에 안 돼.

70 이런 당당한 차림으로 밤마다 달려가는데,

연인들의 머릿속을 지나가면 그들은 사랑의 꿈을 꾸고,

벼슬아치들의 무릎 위를 지나가면 조아리는 꿈을 꾸고,

---

17. 여왕 맵 Queen Mab: 아일랜드 전설에 나오는 영웅적인 여왕 Meab을 지칭한다는
것이 통설.

변호사의 손끝을 지나가면 사례금이 생기는 꿈이 되고,

여자의 입술 위를 지나가면 입 맞추는 꿈을 꾸지―

여자들 입김에서 과자냄새가 나면 75

맵은 화가 치밀어 물집을 만들어주지.

때때로 벼슬아치들 코 위를 달려가면

관직을 받아내는 용꿈을 꾸며,

어떤 땐 십일조 돼지꼬리를 갖고 와서

잠자는 목사님의 코를 간질이고, 80

그러면 또 다른 성직을 받는 꿈을 꾼다고,

어떤 땐 병사들의 목 위를 자나가는데,

적병의 목을 치는 꿈을 비롯해서

성벽의 돌파구, 복병, 스페인 제 명검, 나아가

밑 빠진 술잔 마시기, 축배의 꿈을 꾼대. 그런데 갑자기 85

북소리가 들려오고, 벌떡 놀라 잠에서 소스라치게

깨어 한밤중에 한두 마디 기도를 드리곤

다시 잠들지. 이게 바로 맵 여왕 짓이란 말야.

맵은 밤중에 말의 갈기를 따놓고,

허튼 계집의 머리 단을 뭉쳐놓는데,

이 머리 단이 풀어지는 날이면 불행이 찾아온대. 90

어디 그뿐인가, 처녀들이 벌렁 누워있으면―

배를 눌러도 참고 견디는 걸 배우게 하고―

남자에게 알맞은 아낙으로 만드는 것도 맵 여왕이지.

또 맵 여왕은―

95 **로미오**   그만해, 그만. 머큐시오, 그만!

허튼 소리 작작해.

머큐시오   사실이야, 난 꿈 얘길 하는 거야.

꿈이란 허망한 두뇌에서 태어나는 자식이며,

바로 헛된 망상에서 나온 것뿐이야.

그리고 망상이란 공기처럼 실체가 희박하고

100 변덕스러운 바람보다 더 변덕스럽고,

북쪽의 얼어붙은 가슴에 사랑을 호소하다가도

분노가 치밀면 풍향을 바꾸어,

비 뿌리는 남쪽으로 얼굴을 돌리지.

벤블리오 바람 얘길 듣느라 우리 일을 잊었다.

105 만찬은 끝났을 테고, 너무 늦은 것 같다.

로미오 너무 이를까 걱정이다. 염려가 돼서 그래.

아직은 운명의 별에 달려있는 중대한 일이

오늘밤의 연회를 계기로 무서운 힘으로

가혹한 형벌을 가하여

내 가슴속에 멍든, 싫증난 삶의 기한을

110 때 아닌 죽음으로 끝내려는 것 같아.

하지만 내 인생의 키를 잡으신 하나님이시여,

항로를 인도해 주소서! 들어가자, 신바람 난 친구들.

벤볼리오 북을 쳐라.

(일행이 무대 위를 이리저리 행진하다가 한쪽에 선다.)

5장

캐퓰럿 저택의 중앙홀

가면을 쓴 사람들이 등장하여 홀을 돌아서 한 쪽에 선다.
하인들이 냅킨을 들고 등장.

하인 1 폿팬 자식, 설거지도 안 도와주고 어딜 갔지? 접시를
하나 치웠나! 접시 하나 닦았나!

하인 2 깔끔한 접대를 할만한 자는 한두 명 뿐인데, 손도
씻지 못하고 있으니, 이거 야단났군.

하인 1 접는 의자들도 치우고, 그릇 찬장도 한쪽으로 옮겨. 5
큰대접일랑 조심해. 이봐, 사탕과자 한쪽 남겨 놔. 그리고
안됐지만, 문지기더러 수잔 그라인드스톤과 넬을
들여보내라고 전해줘.

(두 번째 하인 퇴장.)

안토니! 폿팬!

두 명의 하인 등장.

하인 3 야, 여기 있다. 10

하인 1 큰방에선 너희들을 찾고, 부르고, 찾으러 내보내구 온통
난리야.

하인 4 한꺼번에 여기도 있고, 저기도 있고 할 수가 있나.

자, 신나게 하자고. 이 판에 멋지게 일해, 목숨이 있어

야 다 해치우는 거다.

(하인 모두 퇴장.)

캐퓰럿 부부와 줄리엣, 티볼트와 그의 시동, 유모,

많은 남녀 손님들, 가면을 쓴 손님들에 더하여 등장한다.

15   **캐퓰럿** 어서 오십시오, 신사 여러분! 발가락에 티눈이

안 박힌 이상 숙녀들께서 여러분과 춤을 출 겁니다.

자 숙녀 분들, 춤을 안 추겠다는 분이

있어요? 얌전빼는 숙녀는 아마 발가락에

티눈이 박혔을 거요. 제 말이 맞지요?

20   어서 오십시오, 신사 여러분! 저도 한때는

가면을 쓰고 아름다운 처녀의 귀에다

달콤한 얘기를 속삭였답니다.

이젠 흘러간 지난 옛날이야기죠 신사여러분,

잘들 오셨습니다! 자 악사들, 연주를 시작해요.

(음악이 연주된다.)

자리를! 자리를! 넓혀요, 자 아가씨들 춤을 추어요.

25   (모두 나와 춤을 춘다.)

이봐라, 불을 더 밝히라고! 식탁도 치우고,

자, 난로불도 꺼라, 방이 너무 덥다.

어이구, 뜻밖에 즐거운 모임이 되어가는구나.

아니, 앉으세요, 캐퓰럿 사촌형님, 앉으세요.

형도 나도 춤을 즐기는 시절은 이젠 지났지.   30

우리가 마지막으로 가면무도회에서

춤을 추었던 게 언제였더라?

캐퓰럿 사촌   아마 삼십 년은 실히 됐을 걸.

캐퓰럿 그럴 리가! 그렇게까진 되지 않았어요.

그렇게 오래는. 루센시오의 혼례 때부터지.

성령강림일[18]이 아무리 빨리 온다 해도   35

우리가 가면무도회에 간 것이 이십오 년이나 되었을까?

캐퓰럿 사촌 더 오래지, 오래라구. 그의 아들이 더 나이가 들었어.

지금 서른 살이니까.

캐퓰럿   그럴 리가?

그 앤 이 년 전만 해도 후견인이 있었는데.

로미오 (하인에게) 저기 기사와 손을 맞잡고 그를 돋보이게 춤추는   40

숙녀는 누구지?

하인 1 모르겠는뎁쇼.

로미오 아, 횃불에게 밝게 타오르는 법을 가르쳐 주고 있군!

밤의 뺨에 매달린 그녀의 모습은

마치 에티오피아 여인의 귀에 반짝이는 보석 같다.   45

쓰기엔 너무나 귀중하고, 아름다움이 속세에 두기엔

너무나 고귀하다!

그녀의 친구들 사이에서 뛰어나게 돋보여

---

18. 성령강림절 Pentecost: 오순절이라고 함. 기독교에서 부활절에서 7주 뒤의 일요일.

까마귀 속에 섞인 눈처럼 하얀 비둘기 같다.

춤이 끝나면 그녀가 서 있는 곳을 봐두었다가

그녀의 손을 잡아, 이 거친 손에 축복을 받아야겠다.

내 마음이 지금까지 사랑을 해왔다고? 눈이여,

결코 아니라고 부정하라!

오늘밤까지 진정한 아름다움을 본 일이 없었으니.

티볼트 저 소린 몬태규 집안 놈이다.

야, 칼을 가져와라.

(그의 시종 퇴장.)

저 악당이 감히 이곳에

괴상한 가면을 쓰고 오다니,

우리의 대 연회를 조롱하고 망치려고 온 건가?

우리 가문의 혈통과 명예를 위해서

저런 놈은 때려 죽여도 죄라도 생각할 건 없다.

캐퓰럿 왜 그러느냐, 티볼트! 왜 씩씩거리고 있어?

티볼트 백부님, 저잔 몬태규, 우리 가문의 원수입니다.

악당이에요, 오늘밤 연회장을 망쳐놓으려고,

악의에 차서 온 것이 분명해요.

캐퓰럿 청년 로미오인가?

티볼트　　　　　네, 바로 그 악당 로미오 놈이어요.

캐퓰럿 얘야, 진정해라. 내버려둬.

저 젊은이는 꽤나 의젓한 신사처럼 처신하고 있다.

사실을 말하자면 베로나에서는 덕망이 있는

청년이라고 해서 자랑거리야.

나로선 이 도시의 전 재산을 준다 해도 이 집안에서

저 사람에게 모욕을 주는 건 도저히 용서할 수 없다.

그러니까 참아라, 저 사람에게 신경 쓰지 말게.　　　　　70

이것이 내 뜻이다, 네가 내 말을 존중하거든

좋은 낯을 하고, 이맛살을 펴라.

그런 표정은 연회에 어울리지 않아.

티볼트 저 악당이 손님이라고 와 있을 때는 어울리는데요.

전 저 녀석을 참을 수 없어요.

캐퓰렛　　　　　　　　잠자코 있어.　　　　　　　　75

야 버릇없는 놈아! 내버려두라니까! 그만둬!

여기 주인은 나냐, 너냐? 그만하래도!

참을 수 없다고? 허 이런 변고가 있나,

손님들이 계시는데 난장판을 벌이고,

쑥대밭을 만들 생각이냐! 그러는 게 남자다운 것인 줄 아느냐!　80

티볼트 하지만 백부님, 이건 수칩니다.

캐퓰렛　　　　　　　　　그만, 그만두라니까!

이런 건방진 놈 봤나―정말로 그럴 거냐?

그런 짓을 하니, 너는 해를 받게 되는 거다.

내 말을 거역하겠다는 거냐! 어이구, 시간이 됐다―

(춤추는 사람들에게) 잘 하셨습니다, 여러분! ―(티볼트에게) 이 버릇없 85

　는 놈,

잠자코 있으라고, 아니면―(하인들에게) 자 불을 더 밝혀, 더

밝혀! (티볼트에게) ─ 창피하다! ─

입 다물어. 혼쭐을 내줄테다. ─(춤추는 사람들에게) 자, 여러분,

즐겁게요!

티볼트 울화통이 터지는데 억지로 참자니,

맞지 않는 성화가 부딪쳐 사지가 떨리는구나.

90 이번은 곱게 물러선다. 그러나 이번 침입이 당장은

달콤할지 모르나, 꼭 쓴맛을 보게 해줄 거다.

(퇴장.)

로미오 (줄리엣에게) 하찮은 이 손이[19]

이 거룩한 성전을 더럽혔다면 이는 점잖은 죄이니,

내 입술이 수줍은 두 순례자로서 공손하게

95 부드러운 키스로 거친 손의 자국을 씻고자 합니다.

줄리엣 순례자님[20], 손을 너무 나무라지 마세요.

이처럼 점잖게 신앙심을 보이고 있는 걸요.

성자도 순례자의 손과 맞닿기 위한 손이 있은즉,

손바닥을 맞대는 것이 거룩한 순례자의 키스라 하잖아요?

100 **로미오** 성자에게는 입술이 있지 않습니까? 그리고 순례자에게도?

줄리엣 어머, 순례자님, 그 입술은 기도에 써야 하는 것이어요.

---

19. 91~105행 "하찮은 이 손이… 죄는 씻어졌어요.": 로미오와 줄리엣의 이 첫 대화
는 원문 영어로는 소네트 형식(14행시)으로 되어 있다. 로미오 4행, 줄리엣 4행의
시, 두 사람의 대화 후 다시 4행시, 그 다음 각각 한 마디씩 하고 키스로 소네트를
마무리한다.

20. 순례자님: 이탈리아어로 romeo는 'Rome-bound pilgrim'이란 뜻. 아마도 여기서
Romeo는 pilgrim(순례자)의 복장을 하였을 것임.

로미오 오, 그럼 성자님, 손이 하는 것을 입술이 대신하오니,

　　　신앙이 절망으로 변하지 않도록 입술이 기도하도록 허락해주오.

줄리엣 비록 기도하는 마음을 알아도 성자들은 움직이지 않아요.

로미오 내 기도의 효험을 받는 동안은 움직이지 말아요.　　　　　105

　　　　　　　　　　　　(그녀에게 입 맞춘다.)

　　　당신의 입술 덕으로 내 입술의 죄는 씻어졌어요.

줄리엣 그럼 제 입술이 그 죄를 짊어지네요.

로미오 내 입술의 죄를? 오, 얼마나 부드러운 꾸중인가!

　　　내 죄를 다시 돌려줘요.

　　　　　　　　　　　　(다시 입 맞춘다.)

줄리엣　　　　　　　　　키스의 의식을 치르네요.

유모 어머님께서 하실 말씀이 있답니다.　　　　　　　　　110

로미오 아가씨의 어머님이라니?

유모　　　　　　　　　이봐요, 젊은이.

　　　아가씨의 어머님이 이 댁 마님이시라우.

　　　선량하고 현숙하고 덕이 있는 마님이에요,

　　　같이 얘기하신 그 따님은 바로 내가 길렀답니다.

　　　내 장담하지만 아가씨를 아내로 맞는 분껜　　　　　115

　　　호박이 넝쿨째 굴러드는 거죠.

로미오　　　　　　　　　캐퓰렛의 딸이라니?

　　　참으로 비싼 거래구나! 내 목숨을 원수 집에게 저당 잡히다니.

벤볼리오 그만 가자. 재미도 지금이 한참이다.

로미오 그래, 그렇겠지. 내 마음은 더욱 불안해지는구나.

120 **캐퓰럿** 아니 여러분, 가지 마십쇼.

변변찮은 간단한 음식을 준비해 두었으니까요.

(가면을 쓴 사람들이 캐퓰럿 귀에 떠나는 인사를 하며 속삭인다.)

그러신가요? 그렇다면, 고맙습니다.

고맙습니다, 여러분. 안녕히 가십시오.

횃불을 더 밝혀라! 자, 그럼 잠자리로 들어갈까.

125 어이구, 확실히 밤이 깊었군.

이젠 쉬어야겠다.

(줄리엣과 유모만 남고 모두 퇴장.)

줄리엣 이리 와요, 유모. 저기 저 분은 누구시지?

유모 티베리오님의 장남이며 상속자이시죠.

줄리엣 지금 막 문으로 나가시는 분은?

130 **유모** 글쎄요. 페트루키오 도련님 같군요.

줄리엣 그 뒤를 따라가는 분은? 춤도 안 추시던데.

유모 모르겠어요.

줄리엣 가서 이름 좀 물어봐요 — 그분이 기혼자라면

내 무덤이 내 신방이 될지도 몰라.[21]

135 **유모** 그분 이름이 로미오이고 몬태규 네 사람이에요,

바로 원수 집안의 외아들이지요.

줄리엣 (자기 자신에게) 하나뿐인 사랑이 증오에서 싹트다니!

서로 모르면서 너무 일찍 만나버렸고, 알고 보니 너무 늦었구나!

가증스런 원수를 사랑해야 하다니,

---

21. 내 무덤이 내 신방...: 결말에 대한 복선(예감).

아, 불길한 사랑의 탄생이여. 140

유모　무슨 소린가요, 그게 뭐죠?

줄리엣　　　　　　　　　　시 한 수야, 방금 같이 춤춘

사람에게서 배운.

(안에서 "줄리엣!" 하고 부르는 소리.)

유모　　　　　예, 곧 갑니다!

자 갑시다. 손님들도 모두 가셨어요.

(모두 퇴장.)

프롤로그

코러스 역 등장.

코러스 지난날의 욕망은 이제 죽음의 침상에 누워있고

새로운 사랑이 그 자리를 이으려고 합니다.

그토록 연정에 신음하고 죽음도 불사하던 그 연인도

5 줄리엣과 비하면 이제는 아름답지가 않습니다.

지금은 사랑받고 사랑주기도 하는 로미오,

서로의 모습에 황홀하기만 합니다.

원수를 사랑하기에 가슴 아파야 하는 로미오,

위험한 낚시 바늘에서 달콤한 사랑의 미끼를 훔치는 줄리엣.

원수이기에 가까이 갈 수 없으며,

10 사랑의 맹센들 어이 할 수가 있겠습니까.

줄리엣의 사랑도 못지않게 간절하나

어디선들 사랑하는 새님 만날 길이 막연하기만 합니다.

그러나 정열은 힘을 주고 시간은 그들을 만나게 하지요.

지극한 기쁨이 엄청난 번뇌를 가라앉힙니다.

(퇴장.)

2막

1장

베로나, 캐퓰럿 저택의 정원 밖

로미오 혼자 등장.

로미오 마음이 여기 머물고 있는데, 어떻게 가버린단 말인가?
우둔한 흙덩이인 이 몸, 돌아서서, 네 마음의 핵심을
찾아가는 거다.

물러난다.
벤볼리오, 머큐시오와 함께 등장

벤볼리오 로미오! 내 사촌 로미오! 로미오!
머큐시오 　　　　　　　그는 똑똑하니까,
틀림없이 몰래 집에 가서 자려고 도망친 거야.
5　**벤볼리오** 이 길로 뛰어와서 이 정원의 담을 넘었어.
불러봐, 머큐시오.
머큐시오 　　　　　　　그래, 주문으로 부르겠다.
로미오! 변덕쟁이! 미친 놈! 심술꾼! 연애쟁이!
한숨짓는 꼴로 나타나라.
운에 맞춰 한마디만 말해도 내 마음이 놓인다.
10　　　　"나 여기 있다!"고. '사랑'이든 '사탕'이든 다 좋다.

코피투아 왕[22]의 가슴을 정통으로 쏘아 맞혀 거지 아가씨를

사랑하게 한, 그녀의 눈먼 아들이자 상속자인 어린

아브라함 큐피드의 별명 하나라도 대보라고.

이 녀석, 듣지도 않고 꿈쩍도 안 하고 달싹도 안 해.　　　　　　15

이놈의 원숭이가 죽었으니 주문으로 불러내야지.

로잘린의 빛나는 눈과

널찍한 이마와 붉은 입술과

예쁜 발과 미끈한 다리와 떨고 있는 허벅다리와

그 옆의 언덕을 걸고 널 부르니,　　　　　　20

언제나의 모습으로 우리 앞에 나타날지어다!

벤볼리오　로미오가 들으면 화나겠다.

머큐시오　이 정도야 화낼 것도 없어. 그 녀석 애인의

동그라미[23] 속에 엉뚱한 정령을 불러 세워놓고 있다가

그녀가 어떤 마법을 써서라도 그놈을 쓰러뜨릴 때까지　　　　25

버티고 서있게 한다면 화가 나겠지. 좀 험했나.

그렇지만 내 주문은 떳떳하고

당당한 거야. 그 녀석 애인의 이름으로

그놈을 불러내는 것뿐이니까.

벤볼리오　가자! 로미오는 나무 사이에 숨었을 거야.　　　　　　30

---

22. 코피투아 왕: King Cophetua. 「코피투아 왕과 거지 처녀」라는 옛 발라드에 나오
　　는 이야기. 코피투아 왕이 거지 소녀를 사랑하여 왕비를 삼았다는 내용.

23. 마법의 동그라미: 마술사가 땅에 그리는 동그라미와 여자의 음부라는 두 가지 뜻을
　　가진 말.

축축한 이 밤을 벗 삼아 지내려나 봐.

사랑에 눈먼 장님이라, 어둠이 가장 알맞은 거다.

머큐시오 사랑에 눈이 멀었다면 과녁을 맞힐 순 없지.

지금쯤 그놈은 모과나무[24] 밑에 앉아

자기 애인이 모과나무 열매였으면 하고 있을 거야.

35 처녀들은 그 이름을 중얼대며 혼자 웃는다지 뭔가.

오 로미오, 사랑하는 그 여잔―딱 벌어진

모과열매가 되고, 너는 길쭉한 서양배였으면!

로미오― 잘 자라. 난 싸구려 내 침대로 가겠다.

40 야외의 잠자리는 잠자기엔 너무 춥단 말이야.

자, 가는 게 어때?

벤볼리오   가자. 말짱 허탕이야,

들키지 않으려고 숨은 녀석을 찾다니.

(머큐시오와 함께 퇴장.)

---

24. 모과나무 medlar tree: 서양 모과의 일종. 그 모양 때문에 속칭 open arse(벌어진
궁둥이)라고 한다.

2장

베로나, 캐퓰럿 저택의 정원

로미오 앞으로 나온다.

로미오 상처를 입어보지 않은 자가 남의 상처를 비웃는 법이다.

줄리엣 2층 무대의 창문에 등장.

가만! 저 창문에서 쏟아지는 빛은 무얼까?
저곳이 동쪽이지, 그렇다면 줄리엣은 해님이로구나!
솟아라, 아름다운 해님, 시샘하는 달²⁵을 없애라.
달의 시녀인 네가 달보다 훨씬 더 아름답고,
달은 이미 병들고 슬픔으로 창백하다.   5
달의 여신은 질투심이 많으니 시녀 노릇은 그만두라.
여신의 시녀 옷은 병든 녹색이라,
광대가 아닌 다음에야 누가 입는담. 벗어버려.
당신은 나의 님, 오 당신은 내 사랑!   10
아, 이 마음을 그대가 알아주었으면!
입을 여네, 아니, 말을 하지 않아. 그래도 상관없다.
저 눈이 말을 하는 걸. 대답을 해야지.

---

25. 시샘하는 달 the envious moon: 정숙의 여신인 다이아나를 뜻함.

내가 너무 뻔뻔해, 나한테 말 걸지도 않았는데.

15 드넓은 하늘에서 가장 아름다운 두 별이 나들이 가면서,

돌아올 때까진 그 눈동자에게

대신 반짝여달라고 간청을 한 거야.

그녀의 눈이 하늘에 있고, 별이 얼굴에 있다면 어찌될까?

그녀의 빛나는 뺨이 너무 밝아 별들을 무색하게 만들겠지.

20 대낮의 햇빛을 맞은 등불처럼 말야. 하늘에 박힌 저 눈동자는

창공을 가로질러 찬란히 빛날 것이니.

새들도 밤이 아니라고 생각하며, 노래하겠지.

저것 봐, 손에 뺨을 고이고 있네.

오 내가 저 손에 끼인 장갑이라면

그 뺨을 만져볼 수 있으련만.

줄리엣   아아!

25 **로미오**   말을 한다!

오, 다시 한 번 말해다오, 빛나는 천사─

내 머리 위에서 이 밤을 빛내주는 당신의 모습,

날개 돋친 하늘의 천사가 되어

서서히 흘러가는 구름을 밟고,

창공을 헤쳐 갈 때

30 놀라며 하얗게 치뜬 눈으로

사람들은 너를 우러러보리다.

줄리엣 아 로미오, 로미오! 왜 당신은 로미오인가요?

아버지를 부인하고 그 이름을 거절해요.

그것을 못한다면 날 사랑한다고 맹세하세요,　　　　　35

그럼 나도 캐퓰렛 성을 버릴 거예요.

로미오 (방백) 좀 더 들어볼까, 말을 걸어볼까?

줄리엣 당신 이름만이 나의 원수일 뿐.

비록 몬태규가 아니더라도 당신은 당신이야.

몬태규가 뭔데? 손도 발도　　　　　40

팔도, 얼굴도 아니고, 사람 몸의 어떤 부분도

아니잖아. 아, 딴 이름이 돼주어요!

이름이 뭔데? 장미꽃을 딴 이름으로

불러도 향기는 역시 마찬가지잖아.

로미오도 같아, 로미오란 이름으로 부르지 않아도,　　　　　45

당신이 갖고 있는 소중한 완벽함은 그래도

유지할 것이요. 로미오, 그 이름을 버려요.

당신과 상관없는 그 이름 대신에

나의 모든 것을 가지세요.

로미오 (줄리엣에게) 그 말대로 받아들이지.

날 애인이라 불러준다면 다시 세례를 받을 거요.　　　　　50

그러면 이제부터 난 절대로 로미오가 아니지.

줄리엣 당신은 누구요? 밤의 어둠 속에 몸을 숨기고.

남의 비밀을 엿들었으니.

로미오　　　　　　　　내가 누구라고

내 이름으로는 말해줄 수가 없어요.

거룩한 성자여, 이젠 내 이름이 미워집니다.　　　　　55

그건 당신의 원수니까요.

종이에 써있다면 찢어 버릴 겁니다.

줄리엣 내 귀는 백 마디도 그대 말을 듣지 못했지만,

당신 목소리는 알아요.

60   당신은 로미오잖아, 몬태규 댁의?

로미오 아름다운 아가씨, 당신이 싫다면 어느 쪽도 아니오.

줄리엣 어떻게 여기까지 왔어요? 무엇 때문에?

정원 담이 높아서 오르기 어려운데.

당신 신분을 생각할 때 우리 집 사람들한테

65   들키는 날이면 죽음의 장소가 될 것에요.

로미오 사랑의 가벼운 날개로 담을 넘어 왔지만

돌담이 어찌 사랑을 막을 수 있겠어요.

사랑은 할 수 있는 일이라면 뭐든지 해내니까요.

그러니 그대 친척인들 날 막지는 못합니다.

70 **줄리엣** 들키는 날엔 당신을 죽일 거예요.

로미오 아아, 그들의 칼 스무 자루보다도

그대의 눈동자가 더 두려워! 정다운 눈길로 반겨줘요,

그러면 그들의 적개심은 날 찌르지 못할 겁니다.

줄리엣 어떤 일이 있어도 여기서 들켜선 안 돼.

75 **로미오** 들키지 않기 위해 밤의 외투를 걸치고 있지요.

그대가 날 사랑하지 않는다면 날 들키게 해줘요.

당신의 사랑 없이 죽음을 미루며 사느니,

차라리 그들의 증오를 받고 목숨을 끊는 것이 한결 낫습니다.

줄리엣 당신은 누구의 안내로 여기까지 왔어요?

로미오 사랑, 사랑이 찾으라고 귀띔 했지요.   80

사랑은 내게 충고를, 난 사랑에게 눈을 빌려주었답니다.

난 선장은 아니지만, 당신이 바닷물이 넘실대는

천리 길의 먼 바닷가에 있다 해도

그 물길을 찾아 모험에 나설 겁니다.

줄리엣 내 얼굴에 밤의 가면이 씌워져 있었기 망정이지,   85

그렇지 않았다면 나의 뺨은 빨갛게 물들고 말았을 거예요.

당신은 오늘밤에 내가 한 말을 엿들었으니.

나도 체면은 차리고 싶고—정말, 정말이지 내 말을

거짓이라고 말하고 싶어요. 그러나 체면치렌 안녕이야!

날 사랑하세요? '네'라고 대답할 걸 알고 있어.   90

그 말을 믿을 거야. 그렇지만 당신의 맹세가 물거품이 될지

누가 알아요. 애인끼리 맹세를 깨도 조브 신[26]은

웃고 만다고 해요. 아, 상냥한 로미오,

나를 사랑한다면, 진심을 말해줘요.

날 너무 쉽게 얻었다고 생각한다면,   95

얼굴을 찡그리고 토라져 싫다고 할 겁니다. 물론

그렇게 해도 사랑한다고 하겠지만. 그렇지 않다면 싫어요.

멋진 몬태규, 난 참말이지, 당신을 좋아하나봐,

---

26. 조브 신 Jove: 그리스 신화의 주피터를 로마에서는 조브라 부름. 주신. 이 문장은
로마의 문인 Ovid의 「Ars Amateria」에서 나온 말로 셰익스피어시대에 널리 사용
되었다.

그러니까 날 경박한 여자로 생각할지 몰라요.

100 그러나 날 믿어주세요, 변덕스럽게 새침데기인 척하는 여자보다는

진실함이 있는 것을 증명할 테요.

사실인즉 진정한 사랑의 고백을 나도 모르는 사이에

당신이 엿듣지만 않았다면, 나도 시침을 뗐어야 했는데

그러니까 날 용서하고

105 경박한 사랑이어서 이처럼 마음을 허락한 거라고 꾸짖진 말아줘요,

나의 사랑이 탄로 난 것은 밤의 어둠 때문이어요.

로미오 나의 님, 이 과일나무 꼭대기를 은빛으로

물들이는 저 청순한 달을 걸고 맹세하겠는데 —

줄리엣 아, 변덕쟁이 달님을 두고 맹세하진 마세요,

110 달님은 한 달 내내 그 모습을 바꾸니,

당신의 사랑마저 그렇게 변할까 두려워요.

로미오 어디에다 맹세하지요?

줄리엣   아무 맹세도 마세요.

정 하려거든 품위 있는 당신 자신에게 맹세해요,

당신은 내가 숭배하는 신이니

당신이라면 믿겠어.

115 **로미오**   만약 내 마음 속의 소중한 사랑이 —

줄리엣 맹세하지 말아요. 그대를 만난 것은 기쁘지만,

오늘밤 이 약속은 달갑지 않답니다.

너무나 성급하고, 분별이 없고, 갑작스러운걸요.

마치 '번개친다'고 말할 틈도 없이 사라지는

번갯불과 너무나 같아요. 사랑하는 임, 그럼 잘 자요! 120

사랑의 꽃봉오리를 번성하게 하는 여름의 숨결도

마냥 부풀었다가, 다시 만날 땐 활짝 꽃필 거예요.

잘 가요, 안녕! 이 가슴에 있는 달콤한 평안함과

안식이 그대의 가슴 속에도 깃들기를!

로미오 오, 이렇게 아쉽게 헤어져야 하나? 125

줄리엣 어떤 만족을 이 밤에 가지려고 하지요?

로미오 당신의 진정한 맹세를 나의 맹세와 바꾸는 일.

줄리엣 그대가 요청하기도 전에 이미 주었잖아요.

하지만 또 다시 주고 싶기도 해요.

로미오 그럼 되찾아 가려는 건가요? 왜 그러지요? 130

줄리엣 솔직히 말하면 또 다시 주기 위해서지요.

하지만 내가 갖고 있는 것을 내가 탐내고 있나 봐요.

아낌없는 내 마음은 바다처럼 한없이 넓고

사랑도 한없이 깊어. 당신에게 줄수록

가득가득 차게 돼. 둘 다 한이 없으니까. 135

(유모가 안에서 부른다.)

안에서 부르는 소리가 들려요. 사랑하는 임이여, 안녕!

(유모에게) 곧 갈게, 유모! (로미오에게) 사랑하는 로미오, 변하지 마세요.

잠깐 기다려, 다시 올게.

(줄리엣, 창가를 떠나 안으로 들어간다.)

로미오 아 멋지고 멋진 밤! 두렵다,

지금은 밤인데 혹시 꿈이 아닌가? 140

지나친 행복에 겨워서 현실 같지 않다.

줄리엣 다시 창가로 등장.

줄리엣 로미오, 세 마디만 더 하고, 그리고 정말 헤어지는 거야.

당신의 사랑이 명예를 존중하고,

결혼을 원한다면 내일 사람을 보낼 테니

145 그 편에 회답을 보내 주세요.

어디서 언제 식을 올리는지,

그럼 난 모든 재산을 당신에게 바치고

이 세상 어디든 내 남편으로 따라가겠어요.

유모 (집안에서) 아가씨!

150 **줄리엣** 곧 갈게. ―(로미오에게) 당신의 말이 진심이 아니라면,

정말로 부탁이이요.

유모 (집안에서) 아가씨!

줄리엣　　　　　곧 간다니까―

(계속하여 로미오에게) 아무 짓도 하지 말아요. 날 슬픔에 잠기게

내버려둬요.

내일 사람을 보낼게요.

로미오　　　　　내 영혼에 맹세코.

줄리엣 천만 번 안녕! 좋은 밤 되세요.

(발코니 위에서 퇴장.)

155 **로미오** 그대의 빛을 잃으니 천 배 아쉬운 밤이다!

애인을 만나러 갈 땐 수업을 마친 학생들처럼 마음이 들떴는데,

애인과 헤어질 땐 등굣길 학생들처럼 우울하구나.

(천천히 퇴장한다.)

줄리엣 다시 등장. (위에서)

줄리엣 쉿! 로미오, 쉿! 기다려요! 아, 매사냥꾼의 목소리처럼,
귀한 보라매를 다시 불러들였으면!
매어져 있는 몸[27]이라 쉰 소리밖에 내지 못해.   160
그렇잖다면 메아리의 요정이 살고 있는 동굴을 깨부수고
울려 퍼지는 그의 목소리가 내 것보다 더 쉴 때까지
나의 로미오의 이름을 되풀이 불러보겠다마는.

로미오 내 이름을 부르는 것은 나의 영혼.
밤에 듣는 애인의 목소리는 은방울처럼 감미롭고   165
귀 기울여 들으면 부드러운 음악 같구나!

줄리엣 로미오!

로미오   내 새 새끼!

줄리엣   내일 몇 시에
사람을 보낼까요?

로미오   아홉 시까지.[28]

줄리엣 꼭 보낼게. 그때까지 이십 년이나 되는 것 같구나.
내 님을 왜 다시 불렀는지 잊었어.   170

---

27. 매어져 있는 몸: 엘리자베스시대의 가정에서 미혼의 딸은 부모의 엄격한 감시를 받
았다.
28. 아홉 시까지: 그러나 유모가 로미오를 찾아간 시간은 12시임.

로미오 생각이 떠오를 때까지 여기 서 있을 거야.

줄리엣 잊어버린 채로 있을래요, 계속 거기 서 있게 말야.

같이 있기만 해도 얼마나 기쁜가를 생각한다구요.

로미오 이대로 서 있겠어, 당신이 잊은 채로 있도록.

175 여기 외에 다른 집은 다 잊어버리는 거예요.

줄리엣 벌써 날이 새나 봐요. 그만 돌아가요.

하지만 장난꾸러기가 잡고 있는 새보다 멀리 가진 말아요.

장난꾸러기는 손에서 새를 좀 늦춰 놓았다가도

사슬에 묶인 불쌍한 죄수같이

180 그 발에 매인 비단실을 다시 잡아당기는 겁니다.

사랑하는 새가 자유를 찾는 것을 시샘해서지요.

로미오 나도 당신의 새가 되고 싶어요.

줄리엣　　　　　　나의 임, 나도 그랬으면 해요.

하지만 너무 귀여워하다가 죽일지도 몰라.

잘 자요, 잘 자! 이별은 달콤한 슬픔.

185 날이 샐 때까지 안녕을 되풀이 할래.　　　　　(위에서 퇴장.)

로미오 당신의 눈엔 잠이, 가슴엔 평안함이 깃들기를!

나도 그런 잠이 되고 평안하게 쉬면 얼마나 좋을까.

이제 내 영혼의 인도자인 신부님 암자에 가자.

이 행운에 대해서도 말씀드리고, 도움을 청해야지.

　　　　　　　　　　　　　　　　　　　　　(퇴장.)

3장

로렌스 수사, 바구니를 들고 혼자 등장.

로렌스 회색 눈의 아침은 변화무쌍하게

금빛으로 동쪽 구름을 칠하면서 찌푸린 밤 보며 웃고

빛으로 얼룩얼룩한 어둠은 술꾼처럼 비틀대며

낮의 길과 태양신의 불 마차를 피해가네.

태양이 타오르는 햇빛을 쏟아,   5

밤이슬을 말리는 한낮이 오기 전에,

난 이제 독초와 귀중한 약즙용 꽃을 꺾어,

버들가지 바구니에 채워야겠구나.

만물의 어머니인 대지는 자연의 무덤이라,

매장도 하는 무덤이자, 자연을 낳는 자궁이기도 하지.   10

바로 그 모태에서 여러 어린이가 태어나서

대지인 어머니의 가슴에서 젖을 빨고 있다.

많은 약초가 모두 영묘한 약효를 지니고 있으며,

어느 것이나 약효가 없지 않고, 그 효험도 각각 다르다.

아! 풀, 나무, 돌 등이   15

그 본성에 신기한 효험이 들어 있어

세상엔 아무리 하찮은 것일지라도, 무엇인가
세상에 특수한 효험을 주지 않는 것이 없고,
또 아무리 좋은 것일지라도 정당하게 쓰지 않으면
20 본성에 어긋나서 해를 주게 마련이지.
미덕도 잘못 쓰면 악덕으로 변하게 되고,
비록 악덕도 행동하기에 따라서는 품위 있게 되는 것이다.

로미오 등장.

이 연약한 꽃의 봉오리에는
독도 있고, 약효도 들어 있겠다.
25 냄새를 맡으면 향기는 온몸에 활기를 주기도 하지만,
맛을 보면 오감(五感)에서 심장까지 마비되고 마니까.
이처럼 두 왕이 맞싸우는 다툼은 초목뿐이 아니라,
인간에게도 있으니─미덕과 육욕이지.
약한 쪽이 우세하면,
30 죽음이란 자벌레가 나무를 갉아먹게 되는 법이라.
로미오 안녕하세요, 신부님!
로렌스   축복을 받으시오!
이른 아침에 다정한 인사를 하는 사람이 누구시오?
젊은이, 새벽 일찍 잠자리를 떠나온 걸 보니
무슨 고민이 있나보군.
35 노인의 눈은 걱정거리가 있어서 깨어있는데,
걱정거리가 머문 곳엔 잠이 없는 법이라.

그러나 머리에 고민이 없고 마음에 상처가 없는 젊은이는

침상에 네 활개를 펴고, 황금 같은 잠에 빠질 수 있는 법.

그런데 이렇게 일찍 잠을 깬 걸 보니

필경 마음에 걱정이 있구나.   40

그렇지 않다면 내가 맞추어 볼까一,

어젯밤 로미오는 잠자리에 들지도 않았지?

로미오 그렇습니다. 잠보다 달콤한 휴식을 얻었어요.

로렌스 신이여, 죄를 사하소서! 로잘린과 함께 있었냐?

로미오 로잘린요? 신부님, 천만의 말씀이에요.   45

그 이름도, 그 이름이 주던 고통도 잊었답니다.

로렌스 잘 됐다! 그럼 어디 가 있었지?

로미오 거듭 물으시기 전에 말씀드리죠.

원수네 집 연회에 갔었는데,

거기서 갑자기 한 사람한테서 상처를 입었어요.   50

상대도 내게서 상처를 입었고. 두 사람의 상처는

신부님의 도움과 성스러운 의술의 치료가 필요합니다.

저에게 원한은 없습니다. 청을 들어주시면

저의 원수에게도 도움이 된답니다.

로렌스 분명하게, 쉽게 말하라.   55

어정쩡한 고백은 어정쩡한 용서 밖에 못 받아.

로미오 그럼 솔직하게 말씀드리죠, 제 마음의 연인으로

부유한 캐퓰렛 댁의 아리따운 따님이 결정되었습니다.

제가 그랬듯이, 그녀의 마음도 저와 같이 정해졌습니다.

60 　　 모든 것이 결합되어, 남은 건 신부님께서 성스러운 결혼으로

　　　 두 사람을 맺어주시는 것뿐. 우리가 언제 어디서 어떻게

　　　 만났고, 사랑을 고백하고, 사랑의 맹세를 나눴는지는

　　　 가면서 말씀드리겠어요. 제발 부탁드립니다.

　　　 저희가 오늘 결혼하도록 맺어주세요.

65 **로렌스** 이럴 수가, 이게 무슨 변심이람!

　　　 네가 그토록 열을 올려 사랑하던 로잘린을

　　　 그렇게 빨리 버리다니? 젊은이들의 사랑이란 진정으로

　　　 마음속에 있지 않고 눈 속에 있나 보다.

　　　 이럴 수가 있담! 로잘린 때문에 얼마나 많은

70 　　 눈물로 네 창백한 뺨을 적셨는데.

　　　 이제 보니 맛이 나간 사랑에 간을 치려고

　　　 소금물만 헛되게 뿌렸군 그래.

　　　 아직도 태양은 네 한숨을 하늘에서 걷지 않았고,

　　　 너의 신음소리는 이 늙은 귀에 아직도 울리고 있다.

75 　　 보아라, 네 뺨에 아직도 씻기지 않은

　　　 눈물자국이 얼룩져 있다.

　　　 네가 정말 너이고, 그 고민이 네 것이었다면

　　　 너와 네 고민은 모두가 로잘린 때문이었을 텐데.

　　　 네가 변한 모양인가? 그럼, 이 글귀를 외워봐라.

80 　　 남자가 힘이 없으면 여자는 쓰러진다.

로미오 로잘린의 사랑을 두고 신부님은 종종 절 꾸짖으셨어요.

로렌스 사랑한다고 해서 그랬나, 사랑에 빠지니까 그랬지.

로미오 그리고 사랑을 파묻으라고 하셨죠.

로렌스   무덤 속에 하나를 묻되,

다른 것을 꺼내라고는 하지 않았나.

로미오 제발 꾸짖진 마세요. 지금 저의 애인은   85

정에는 정을, 사랑에는 사랑을 바칠 줄 안답니다.

그쪽은 그렇지가 않았어요.

로렌스   오, 로잘린이 보긴 잘 봤어.

너의 사랑이 진정을 모르고 겉치레로 읊어가는 것이었다고.

아무튼 가자. 이 변덕쟁이야, 함께 가는 거다.

나도 한 가지 점에서만은 널 도울 수가 있겠다.   90

이 결혼이 잘만 간다면, 양가의 원한이

진정한 화해로 변할지도 모르니까 말이다.

로미오 어서 가시죠! 갑자기 서두르고 싶어요.

로렌스 지혜롭게 그리고 천천히[29]. 빨리 달리면 넘어지게 마련이다.

(모두 퇴장.)

---

29. 지혜롭게, 그리고 천천히. Wisely and slow: 라틴 격언 Festina lente(= The more haste, the worse speed)에서 온 말.

4장

베로나의 거리

벤볼리오와 머큐시오 등장.

머큐시오 로미오 녀석 어딜 갔을까?

어젯밤 안 돌아온 것 같은데?

벤볼리오 아버지 집에는 없어. 하인에게 물어봤지.

머큐시오 젠장, 그 창백하고 매정한 로잘린 년,

5 　그렇게 고통을 주다니, 로미오 머리가 돌 수밖에.

벤볼리오 캐퓰럿 영감의 친척인 티볼트 녀석이

로미오의 아버지 댁에 편지를 보내왔어.

머큐시오 도전장이지, 틀림없이.

벤볼리오 로미오는 답을 하겠지.

10 **머큐시오** 까막눈이 아닌데 답장이야 써서 보내야지.

벤볼리오 그게 아니라, 도전을 받은 이상 그자에게 도전에

응하겠다고 답장 낼 거라 이 말이야.

머큐시오 어유, 가엾은 로미오, 벌써 그는 죽은 거나 같아! 백지장

같이 하얀 계집년의 까만 눈동자에 찔리고, 귀는 사랑의 노래로

15 　뚫리고, 심장 한복판은 눈먼 애송이 큐피드의 연습용 화살에

쪼개지는 판에. 어떻게 티볼트의 상대가 될 수 있어?

벤볼리오 왜, 티볼트가 뭔데?

머큐시오 옛 얘기에 나오는 티볼트란 이름의 고양이 왕자[30]보다야
한 수 위지. 아, 결투의 격식에도 밝은 용감한 자야. 악보에   20
맞춰 노래 부르듯 박자, 음정, 리듬 등을 잘 맞추면서 싸운다지
뭔가. 하나 둘 하고 잠깐 쉬게 하고, 세 번째는 상대방의
가슴을 찌르는 식이지. 상대방의 비단 단추도 떨어뜨리는 검술에
능통한 결투꾼 치고도 결투꾼이라! 일급 도장의 검객이며,
결투에서도 하나 둘 하며 이치를 따진다니까. 아, 신기에   25
가까운 앞치기, 뒤치기 그리고 마무리의 명수라, 아싸!

벤볼리오   뭐라구?

머큐시오 염병할 놈, 되지 못한 말만 이죽거리는 형편없는 놈,
낯선 말이나 씨부렁대는 놈! "맹세코, 끝내주는 칼솜씨!   30
멋진 대장부! 기차게 멋진 매춘부!" 하는 식 말이야.
영감나리, 이것 참 통탄할 일 아닌가, 저 아니꼬운 외국물에
빠진 기생충한테 우리가 이렇게 지지고 볶이다니, 유행만 뒤따르는
경망한 놈, 굽실굽실 아양을 떨며, 유행만 좇다 보니   35
오래된 예의범절은 모르는 놈들. 이 뼈가 썩어질 놈!

로미오 등장.

벤볼리오 로미오가 온다, 저기 로미오가 와!

머큐시오 얼빠진 마른 청어 같다. 아, 고기, 고깃덩어리가 어찌

---

30. 고양이 왕자: 중세문학의 우화 Reynard the Fox에 나오는 고양이 이름을 Thibaut,
    Tybert 또는 Tybalt라 했다.

물고기 꼴이 되었느냐! 이제 와서 네 녀석도 페트라르카(주)에

지지 않을세라 사랑의 시를 짓는다는

40 건가. 페트라르카의 애인 로라[31]도 친구 애인에 비하면

부엌데기지─사실 말이지, 노래 짓기에는 로라가 더 멋진

애인을 가진 셈이다!─디도는 상스러운 여자요, 클레오파트라는

집시고, 헬렌과 히로는 하찮은 매춘부[32]요, 디스비[33] 역시

회색 눈이나 가졌다 그 정도라, 쓸모도 없어. "봉주르 시뇨르 로미오!"

45 네 바지가 프랑스식 나팔바지니깐 인사도 프랑스식으로

해야겠지. 어젯밤엔 완전히 우릴 골탕 먹였어.

로미오 두 친구, 안녕하신가? 무슨 골탕을 먹였다는 거야?

머큐시오 살짝 빠져 나갔지. 생각이 안나?

50 **로미오** 미안하다, 머큐시오. 중요한 일이 있었어. 나와 같은

그런 경우엔 예의범절도 어쩔 수 없다.

머큐시오 그것은 너와 같은 경우라면 허리가 안 되면

---

31. 페트라르카의 애인 로라: 르네상스시대 로마의 대표시인 페트라르카는 애인 '로라'
에 대한 사랑을 주제로 칸초네 집을 썼다.

32. 42~43행: '디도 Dido'는 카르타고의 여왕으로 로마의 신화적 영웅 Aeneas를 사
모했다. '클레오파트라는 집시 gipsy'는 원래 Egyptian이란 말에서 나왔으며 영국
인들은 그렇게 믿었다. Helen은 메넬라우스의 왕비였으나 Paris에게 납치되어
Troy로 갔다. 그것이 원인이 되어 Troy 전쟁이 일어났다(Homer의 일리아드). 히
로 Hero는 희랍신화의 인물로 비너스에 봉사하던 무녀였는데 사랑하는 Leander가
그녀를 만나러 헬레스폰트 해협을 헤엄쳐 건너다 물에 빠져 죽자 그녀는 슬픔에
투신자살했다.

33. 디스비 Thisbe: 바빌론의 미녀로 Pyramus(피라무스)의 애인. 셰익스피어의 「한 여
름밤의 꿈」에서 극중 극 장면에 나온다.

다리가 후들거려 어정쩡한 자세로 예의를 표한다는 거지.

로미오 예절을 차리라는─말이지.

머큐시오 제법 점잖게 알아 맞혔군. 55

로미오 예의바른 해석인 걸.

머큐시오 암, 나는 바로 예절의 꽃이니까. 정화(精華)지.

로미오 장미화면 꽃이겠다.

머큐시오 맞아.

로미오 보라고, 내 구두도 멋진 꽃무늬야. 60

머큐시오 재치가 멋있군! 자, 그럼, 네 신발창이 닳아 없어질
때까지 이 농지거릴 해봐. 한 꺼풀 신발창이 다 닳아 없어져도
농담만은 유일하게 남는 거다.

로미오 진부한 익살이라, 한심한 익살치곤 서글프기 짝이 65
없겠다!

머큐시오 이봐 도와줘, 벤볼리오. 내 머리가 멍해졌어.

로미오 채찍과 박차, 용 좀 써봐라─아니면 내가 이겼다고 소리칠
거다. 70

머큐시오 말재주 놀음은 끝장내야겠다. 내 오감을 모두 털어
놓아도 네 재주의 얼치기 놀이가 한수 위다. 그래도 거위
놀음[34]엔 맞수가 아닌가?

로미오 거위 놀음이 아니면, 어느 경우에도 나와 함께 75
놀지는 않았을 테니.

---

34. 거위 놀음: 원문에는 거위(goose)와 창녀라는 이중의 뜻을 가진 말장난으로 되어있
다.

머큐시오 그따위 매정한 소리. 귀를 깨물어줄 거다.

로미오 아이고, 거위 나리, 제발 참으시지.

80 **머큐시오** 네 재치는 아주 새콤달콤한 사과 같아. 톡 쏘는 양념 같다.

로미오 그러니 거위 요리엔 어울리지 않지.

머큐시오 야, 재담이 엿가락처럼 마구 늘어난다.

85 **로미오** 늘어난다니, 뻗치고 늘어나면 동서남북에서 멍청이

　　　　엿장수가 되는 거다.

머큐시오 어때, 이게 사랑 때문에 괴로워하는 것보다야 낫지?

　　　　지금이야말로 친구의 보람이 있고. 이젠 네가 로미오가 된

90 　　　거다, 천성으로나 재주로나 로미오다워.

　　　　사랑 때문에 칭얼대는 건 그의 물건을 여인의 구멍 속에 넣으려는,

　　　　휘저어대며 감추려는 어릿광대 같은 짓이야!

95 **벤볼리오** 그만하지, 그만해!

머큐시오 본바탕으로 가는 판에 초치기냐?

벤볼리오 내버려 두었다간 끝도 없겠다.

머큐시오 하하, 잘못 봤어! 짧게 끝낼 참이었어. 사실 내 얘기도

100 　　　바닥을 쳤어.

　　　　더 이상 밀고 갈 밑천도 없어.

로미오 하기야 근사한 것이 왔다!

　　　　　　　　유모가 하인 피터를 데리고 등장.

　　　　배다! 배가 온다!

머큐시오 두 척이다. 두 척. 치마 그리고 바지!^35

유모 피터!

피터 네!

유모 부채 다오, 피터.

머큐시오 이봐 피터, 얼굴을 가리려는 거야. 부채[36]가 얼굴보다 곱잖나?

유모 도련님들, 이 아침 안녕하세요.

머큐시오 마님, 한낮에 안녕하세요.

유모 벌써 그렇게 됐나?

머큐시오 그렇다마다요. 음탕한 해시계 손길이 정확히 정오 자리를 찌르고 있잖아요.

유모 별 사람도 다 있네! 무슨 사람이 그래요?

로미오 이 사람도 하나님이 만드신 건데요. 그 자신을 풍비박산 내라고.

유모 정말 말 잘 했우. '제 자신을 풍비박산 낸다'고. 여러분, 젊은 로미오 도련님은 어디 계신지, 아시는 분 없우?

로미오 내가 가르쳐줄 수 있죠. 하지만 로미오 도령을 만날 때쯤은 마님이 찾아 나섰을 때보다 더 늙어 보일걸요, 그 이름 가진 사람으로는 내가 제일 젊죠, 나보다 못생긴 녀석이 없어서 그런 거지만.

유모 재미있는 말씀이셔.

머큐시오 아니, 지지리 못생겼다는데, 재미있다니? 이해력이

---

35. 치마 그리고 바지: a shirt and a smock(여자 속옷). 남녀 두 사람을 뜻함.
36. 부채: 당시의 부채는 꽤 커서 하인이 들고 다녔다.

좋으시네, 똑똑한데, 똑똑해.

유모 댁이 로미오 도련님이시라면 친히 할 얘기가 있어요.

벤볼리오 로미오를 만찬에 초대하려는가 봐.

130 **머큐시오** 뚜쟁이다, 뚜쟁이, 뚜쟁이야! 거봐!

로미오 뭘 본 거야?

머큐시오 토끼[37]는 아니야.

사순절 파이[38]의 속감으로 쓰는 토끼고기, 먹기 전부터 한물가서

곰팡이가 낀 것도 토끼라면 모르지만.

머큐시오, 그들 곁을 지나가면서 노래를 한다.

곰팡내 나는 늙은 토끼

135 그래, 곰팡내 나는 늙은 토끼 매춘부

사순절에나 알맞은 고기.

그러나 곰팡내 낀 매춘부 토끼니

누가 돈을 쓰랴, 역겹게

맛보기도 전에 곰팡이가 꼈으니.

로미오, 아버님 댁에 돌아가는 건가? 거기서

140 식사나 같이 하자.

---

37. 토끼에는 매춘부라는 뜻이 담겨 있다. 이 노래의 원문에서 속어로 매춘부라는 뜻을
가진 hare(토끼) 및 whore(창녀)와 같은 발음을 가진 hoar(흰 곰팡이가 피다)를 연
결시킨 말장난으로 토끼를 사용했다.
38. 사순절 파이: 사순절 파이에는 고기가 들어가지 않는다.

로미오 뒤따라가겠다.

머큐시오 안녕, 할멈마님, 안녕. (노래한다.)

　　　　마나님, 마나님.

(머큐시오와 벤볼리오 퇴장.)

유모 어쩜 저렇게도 건방질까, 고약한 쌍소리만 지껄이고.　　　　　145

　　　버릇없는 저 녀석이 누군지 말해주겠어요?

로미오 유모, 저 친구는 자기가 지껄이는 걸 듣기 좋아하는

　　　자요. 한 달이 걸려서 한 일을 일 분이면 다 지껄이죠.

유모 내 욕만 해보라고, 혼쭐을 내줄 테다. 그자가 보기에야　　　　150

　　　힘이 세다고 해도 그런 놈 스무 명이 와도 문제없다니까.

　　　내가 못 해내면 해낼 사람들을 찾는 거지 뭐. 망할 녀석!

　　　내가 제 놀림감인가. 내가 거리의 여자인가?　　　　　　　155

　　　(피터에게) 그런데 넌 왜 구경만 하고 서 있는 거냐?

　　　그 녀석이 제멋대로 날 놀리는데도!

피터 아무도 마나님을 놀리지 않았는뎁쇼. 만일 그랬다면, 벌써

　　　칼을 뽑았죠. 정말이라고요, 칼 뽑는 덴 한 수 하잖아요.

　　　싸움이 벌어져도 이쪽에 싸울 구실이 있고,

　　　법이 우리 편이라면 말이죠.　　　　　　　　　　　　　160

유모 정말이지 어찌나 화가 치미는지 온몸이 떨린다. (머큐시오를

　　　언급하며) 망할 녀석! (로미오에게) 그건 그렇고 도련님,

　　　한 마디만 말씀 올리겠습니다―아까도 말씀드렸지만 우리 댁

　　　아가씨가 절더러 도련님을 찾아가보라고 했어요. 아가씨

　　　부탁은 저만 알고 있죠. 하지만 먼저 도련님께 따질 게 있다우.

¹⁶⁵ 도련님이 우리 아가씨를 꾀어서 재미 보려고 데려간다는 건,

세상 말마따나 정말 못된 짓이죠. 우리 아가씬 아직

어리답니다. 그러니까 도련님이 그런 아가씨를 간교한 꾀로

속여서 농락한다면 그거야말로 어느 여자에게도 용서 받지

못할 일을 저지르는 겁니다, 행실치고는

¹⁷⁰ 아주 못된 행패랍니다.

로미오 유모, 아가씨에게 내 말 전해주오. 유모 앞에서 맹세

하지만—

유모 예, 그럼요! 꼭 그렇게 전하지요. 아, 정말이지! 우리 아가씨가

얼마나 기뻐할까.

로미오 유모, 아가씨에게 뭘 전하겠다는 거요? 내 말을 한 마디도

¹⁷⁵ 듣지 않으면서.

유모 그야 도련님께서 맹세하시더라고 전하죠.

참, 대장부다운 말씀이십니다.

로미오 아가씨께 전해주오.

¹⁸⁰ 어떻게 해서든지 오늘 오후 고해성사에 나오라고.

그럼 로렌스 신부님의 암자에서 고해성사를 한 후

바로 혼례식을 올릴 것이오. 자, 이건 수고값이오.

(그녀에게 돈을 준다.)

유모 이러지 마세요. 그런 건 한 푼도 못 받겠어요.

¹⁸⁵ **로미오** 자아, 받아두라니까요.

유모 (돈을 받으며) 오늘 오후 말씀이죠?

예, 꼭 그리 가도록 하죠.

로미오 유모는 수도원 담 뒤에서 기다려주오.

한 시간 안으로 내 하인이 밧줄로 된

사다리 줄을 가지고 갈 것이오.

한밤중에 날 환희의 절정으로　　　　　　　　　　190

올려다 줄 밧줄이오.

그럼 잘 가시오! 단단히 부탁하오. 수고에는 꼭 보답하리다.

안녕히! 아가씨께 안부 전해주오.

유모 하나님의 축복이 있으시기를! 아 잠깐.

로미오 뭐요, 유모?　　　　　　　　　　195

유모 댁의 하인은 입이 무거운가요? 속담에도 있죠.

'두 사람만이면 비밀은 지켜진다. 그러니 제 삼자는

제쳐놓아야 한다.'

로미오 걱정 마오, 내 하인은 강철같이 믿음직하니까.

유모 그러면 됐어요. 우리 집 아가씬 정말 귀엽죠─ 글쎄 말이요!─

어렸을 땐 잘 재잘거렸답니다─아, 그리고 장안에서　　　　200

쩡쩡거리는 파리스 나리께서 아가씨한테 홀딱 반했지 뭐예요.

하지만 우리 아가씬 그분을 보더니 두꺼비, 바로 두꺼비를

보는 게 낫겠다지 않아요. 그래도 난 아가씨의 노여움을

사면서까지 파리스 백작이 미남이 아니냐고 말했죠. 정말이지　　　205

내가 그 얘기만 하면 우리 아가씬 천 조각 모양으로 파래지지

뭡니까. 그런데 로즈메리라는 꽃 이름과 도련님 함자

로미오는 같은 글자로 시작되는가요?

로미오 그렇소, 유모. 그건 또 왜 묻소? 둘 다 알(R) 자로

시작하오.

유모 아이, 웃기셔! 그건 개가 으르렁대는 소리 같아요. 알(R) 자는
저―아냐, 다른 글자로 시작할 거야. 나도 안다고요. 그건
그렇고, 아가씨는 도련님 함자에 로즈메리 꽃을 붙여서
참말로 예쁜 글귀를 짓고 있었어요. 도련님이 들으시면 참
좋아하실 그런 거죠.

로미오 아가씨께 안부 전해주시오.

유모 네, 천번만번 전해드리죠.

(로미오 퇴장.)

피터!

피터 네.

유모 (부채를 그에게 건네주며) 앞서라, 어서 가자.

(두 사람 퇴장.)

5장

캐퓰럿의 저택

줄리엣 등장.

줄리엣 아홉 시를 칠 때 유모를 보냈는데.

반 시간이면 돌아온다고 약속하더니.

혹시 그이를 못 만났나! 그렇진 않을 거야.

아, 유모는 절름발인가 봐! 사랑의 심부름은

어두운 험한 산을 넘어도 그림자를 몰아가는 햇빛보다 5

열 배는 더 빠른 생각이어야 하는데. 그렇기 때문에

여신의 수레는 빠르게 나는 날개를 가진 비둘기가 끌고,[39]

또 질풍 같이 나는 큐피드도 날개를 달고 있는 거야.

이제 해님은 오늘 여정의 중천에 있잖아.

아홉 시부터 열두 시까지라면 길고도 긴 10

세 시간이나 되는데, 왜 유모는 아직도 돌아오지 않을까.

유모에게 아직도 사랑과 뜨거운 젊은 피가 있다면

공처럼 재빨리 왔다 갔다 했을 텐데.

내 말을 나의 사랑하는 임에게 나르고,

---

39. 비둘기가 끌고: 그리스 신화에서 비둘기는 비너스의 심부름꾼으로 그 수레를 끌었
다.

그의 말을 나에게 전해줄 텐데.

하지만 늙은이들이란 죽은 거와 같아.

굼뜨고, 느리고, 둔하고, 납덩이처럼 창백한 얼굴이야.

유모와 피터 등장.

아 유모가 온다! 오, 착한 유모, 그래 소식은?

그일 만났어? 저 사람은 나가라고 해요.

유모 피터, 문간에서 기다려.

(피터 퇴장.)

줄리엣 자, 착하고 친절한 유모— 왜 그렇게 슬픈 표정이야?

비록 슬픈 소식이라도 기쁜 표정으로 말해줘.

좋은 소식인데 그 떫은 얼굴로 말하다간

음악처럼 달콤한 소식도 망치고 말겠어요.

유모 아이고, 허리야. 숨 좀 돌리고요.

젠장, 왜 이리 뼈마디가 쑤신담! 어찌나 싸다녔는지!

줄리엣 내 뼈를 대신 주겠어, 어서 말해줘.

어서, 제발 말해줘, 어서, 착한 유모, 어서.

유모 원, 성미 급하긴, 잠시도 못 기다리겠어요.

숨이 턱에 찬 걸 보고도 그래요?

줄리엣 숨이 차도 내게 숨이 차다고 말할 만큼

숨을 쉬고 있는데, 숨이 찬 건 아니잖아?

이러쿵저러쿵 변명하는 시간이면

천 마디 소식이라도 전했을 거야.

좋은 소식이야, 나쁜 소식이야? 대답 좀 해줘요. 35

어쨌든 말해줘, 자세한 건 나중에 들어도 좋아.

내 속 좀 풀어줘. 좋은 거야, 나쁜 거야?

유모 어이구, 사람을 바보 같이 골랐어요. 남자를 고를 줄 모르셔.

로미오라고요? 당치도 않아요, 그 사람은. 얼굴은 다른

사람보다 잘났고, 다리도 이 세상에서 가장 미끈하고, 손발과 40

몸매도 그런대로 뛰어나나, 누구와 비교할 것도 없어요.

예의범절이 성인군자 같진 않지만, 그래도 마음씨만은 양같이

착합니다. 어서 가요, 아가씨! 하나님께 정성 드려요.

참 점심은 드셨우? 45

줄리엣 아니, 안 먹었어. 지금 얘긴 다 알고 있는 거야.

말해줘, 우리 결혼을 뭐라고 했어? 뭐라고?

유모 아이고, 내 골치가 왜 이리 쑤신담! 이런 골치 덩어리니!

골통을 조각조각 빠개질 것 같이 골이 팬다니까.

그리고 이쪽 등도—아이고, 등이야, 등! 50

이 늙은 걸 심부름 보내다니, 매정도 하시지,

여기저기 쏘다니고 보니 정말 너부러질 지경이라.

줄리엣 어머 그렇게 편치 않다니, 정말 미안해.

고맙고 착하고 소중한 유모, 말해봐, 그이가 뭐라고 했어?

유모 그분은요, 참 점잖은 신사처럼 말하더군요. 55

예절 바르고 친절하고 잘 생겼고, 게다가

분명히 덕도 있고—참 어머님은 어디 계시우?

줄리엣 어머님? 그야 집안에 계시겠지.

어머니가 어디 계시냐고? 참 별난 대답이네.

60 '그분은요, 참 점잖은 신사처럼 말하더군요,

"마님은 어디 계시오?"라고.'

유모　　　　　　　　　　　　오, 성모님 맙소사!

그렇게도 열이 올랐수? 정말이지 기가 차군요.

이게 내 뼈마디 쑤시는 데 쓸 찜질약이람?

앞으로 자신의 심부름은 자신이 하시구려.

65 **줄리엣** 수다 좀 그만 떨어요! 로미오가 뭐라고 했어요?

유모 오늘 고해성사 보러 가실 승낙은 받았어요?

줄리엣 받았어.

유모 그럼 어서 로렌스 수사님의 암자로 가요.

거기서 신랑이 기다려요, 아가씨를 신부로 맞으려고요.

70 벌써 아가씨 뺨에 피가 도는군요.

그저 말만 들어도 금세 새빨개져.

빨리 성당으로 가 봐요. 난 다른 길로 가서,

줄사다리를 가지러 가야 해요. 어두워지면 도련님이

줄사다리를 타고 원앙새의 보금자리에 드셔야 되니까요.

75 난 아가씨를 즐겁게 해주려고 이 고생을 다 한다오.

하지만 오늘밤엔 아가씨가 무거운 짐을 지게 되는 거예요.

어서 가보세요—난 요기를 좀 해야겠어. 어서 암자로 가세요.

줄리엣 행복을 찾아 어서 가자! 착한 유모, 안녕.

(모두 퇴장.)

6장

로렌스 수사의 암자

로렌스 수사와 로미오 등장.

로렌스 하늘이 이 거룩한 예식을 축복하여 주시고

훗날 슬픔을 주어 저희들을 책망하지 마소서!

로미오 아멘, 아멘! 어떠한 슬픔이 닥치더라도,

그녀를 보는 한순간에 맛보는 기쁨과

어이 바꿀 수 있겠습니까.   5

거룩한 말씀으로 저희들 손을 맞어만 주세요.

사랑을 잡아먹는 죽음의 신이 무슨 짓인들 하라고 하세요.

그녀를 내님이라고 부를 수 있는 한 만족합니다.

로렌스 이러한 격렬한 기쁨엔 격렬한 종말이 있게 마련이다.

불티와 화약이 서로 닿자마자 폭발하듯이, 승리는   10

절정에서 숨을 거두는 법. 지나치게 단 꿀은

달기 때문에 싫어지며, 맛을 보고나면 보아도

입맛을 망치게 마련. 그러니 절제 있는

사랑을 해야 해―그것이 오래 가는 사랑의 길이다.

너무 조급하면 너무 늦은 듯 도착도 늦어진다.   15

줄리엣 등장.

신부가 오는군. 오, 저렇게 가벼운 발걸음이라면

저 딱딱한 바다 돌은 닳지도 않겠구나.

사랑하는 사람은 들뜬 여름날 바람에 흔들거리는

거미줄을 타고도 떨어지지 않는다던데.

20   세상의 기쁨은 그렇게도 덧없는 것이지.

줄리엣 고해성사 신부님께 저녁 인사드립니다.

로렌스 로미오가 우리 두 사람 몫의 감사 인사를 할 거다, 줄리엣.

(로미오, 줄리엣에게 키스한다.)

줄리엣 그럼 나도 그렇게 하지 않으면 그의 인사가 너무 과분해요.

(줄리엣, 로미오에게 키스한다.)

로미오 아, 줄리엣. 너의 기쁨이

25   나의 기쁨처럼 높고, 나보다 훌륭하게

나타낼 수가 있다면 부디 너의 말로

우릴 감싸고 있는 이 공기를 향기롭게 해줘.

그리고 지금 이렇게 만나, 서로 받는 꿈같은 행복을

음악처럼 풍요로운 목소리로 말해다오.

30 **줄리엣** 마음의 생각은 말보다도 내용이 더 알찬 법이여요.

겉치레의 말보다는 실속을 자랑삼아야 하지요.

가난한 사람이나 재산을 헤아릴 수 있어요.

저의 진정은 너무나 커지고 있으니.

사랑의 부유함은 그 절반도 헤아릴 수가 없게 됐어요.

로렌스 자, 날 따라와요. 서둘러 일을 마치자. 35

성스러운 교회가 두 사람을 하나로 맺어주기 전에는

한시라도 둘만 있게 할 순 없느니라.

(세 사람 함께 퇴장.)

3막

1장

베로나의 광장

머큐시오, 벤볼리오 및 하인들 등장.

벤볼리오 머큐시오, 자네에게 부탁인데 제발 좀 물러나자.

날은 덥고 캐퓰럿 사람들이 돌아다녀.

만나면 싸움을 피할 수 없을 거야.

이렇게 더운 날엔 미친 피가 끓으니까.

5 **머큐시오** 넌 선술집에 들어가 탁자 위에 자기 칼을 탁

올려놓고는 "너를 필요로 할 일이 절대 없기 바란다."

라고 하는 녀석과 꼭 같아. 그러다가 두 잔쯤 마시고

술기운이 돌면 술 뽑아주는 친구에게 칼을 뽑지.

그럴 필요가 정말 없는데도 말이야.

벤볼리오 내가 그런 자와 꼭 같다고?

10 **머큐시오** 그렇고말고. 넌 이탈리아 어떤 사내 못지않게

성질이 나 있어. 그리고 성깔을 돋우면 바로 성질

내가 성질내면 바로 성깔 부려.

벤볼리오 그럴 리가 있나?

머큐시오 없지, 만약 그런 사람이 둘씩이나 있다면

15 어떻게 되겠어? 바로 없어질 거야. 서로 죽일 테니까.

너 말이야? 아니, 넌 어떤 사람의 턱수염에 털이
너보다 하나 더 많다거나 하나 더 적다고 싸울 거잖아.
넌 어떤 사람이 견과를 깬다고 싸움을 걸 거야.
네 눈이 개암 열매 색깔인 것 말고는 아무런
이유도 없이. 그 눈 말고 어떤 눈이 그런 싸움을
탐지해 내겠어? 네 머리는 계란이 먹을 걸로 꽉   20
차있듯이 싸움으로 꽉 차 있어. 하지만 네 머리는
싸움 때문에 계란처럼 깨지고 또 썩었어. 넌 어떤
사람이 길거리에서 기침한다고, 그래서 햇볕 쬐며 자고 있는
네 개를 깨웠다고 싸웠잖아. 어떤 양복장이와는
부활절이 오기도 전에 새 저고리를 입었다고,
또 어떤 사람은 새 구두에 낡은 리본을 달았다고 다투지 않았어? 25
그러면서 내게는 싸움을 멀리하라 가르쳐!

벤볼리오 내가 만약 너처럼 툭하면 싸운다면 내 생명의
절대 소유권은 누구나 살 수 있는 한 시간 십오 분
짜리밖에 안 될 거야.

머큐시오 절대 소유권이라! 순진하긴!

티볼트, 페트루키오, 그리고 몇 사람 등장.

벤볼리오 골치 아파, 캐퓰럿 인간들이 나타났어.   30
머큐시오 밟아 버려, 상관 안 해.
티볼트 내 뒤를 바짝 따라와, 놈들에게 말 걸 테니.
안녕하십니까. 어느 한 분께 한마디만.

머큐시오 우리 가운데 한 사람에게 한마디만? 거기에 뭘
　　　　덧붙여 한마디와 한 방으로 만드시지.

티볼트 기회만 준다면 기꺼이 그렇게 할 수 있다는 걸
　　　　아실 겁니다.

머큐시오 주지 않은 기회를 만들어 낼 순 없습니까?

티볼트 머큐시오, 넌 로미오와 한 패거리니까ー

머큐시오 패거리라고? 아니, 넌 우리를 악사 나부랭이로
　　　　취급하는 거야? 우리를 악사로 취급한다면 불협화음밖에는
　　　　들을 생각 말아야지. 이게 내 활이고,
　　　　이게 널 춤추게 만들 거야. 패거리라고, 제기랄!

벤볼리오 여기는 대중들이 자주 찾는 장소야.
　　　　조용한 곳으로 자리를 옮기든지
　　　　아니면 차분하게 불만을 설명해 봐.
　　　　안 그러면 떠나자. 모두 우릴 보고 있어.

머큐시오 사람 눈은 보라고 있는 건데 잘 들 보라지.
　　　　암, 난 누가 뭐래도 꼼짝하지 않을 거야.

　　　　　　　　　　로미오 등장.

티볼트 그럼, 자네와는 화해하겠네. 내 사람이 왔으니까.

머큐시오 그가 네 수하라면 내 목을 내놓겠다.
　　　　참, 결투장에 먼저 가시지. 그가 따를 테니까.
　　　　그래야 당신이 로미오를 '내 사람' 운운할 수 있지요.

티볼트 로미오, 너에 대한 내 사랑은 있지만

이보다 좋은 아첨의 말은 못하겠다. 넌 왈패니까.

로미오 티볼트, 너를 사랑해야 할 이유가 있어서 55

그 인사에 마땅한 분노는 모두 내려놓고 참겠다.

난 왈패가 아니야.

그러니 잘 가게, 넌 나라는 사람을 잘 모르는 모양이군.

티볼트 자식이, 그런다고 내게 줬던 모욕을

용서받진 못할 테니 돌아서서 칼을 뽑아. 60

로미오 분명히 말하지만 난 너를 절대로 모욕한 적 없었고

내 사랑의 이유를 네가 알아낼 때까지

네 생각지 못할 만큼 너를 사랑하고 있단다.

그러니 훌륭한 캐퓰럿―나는 그 이름을

내 것 만큼 소중하게 여기니까―그만 진정하게. 65

머큐시오 오, 조용하고 비열하고 더럽게 굴종하다니!

단 일격에[40] 끝장내주마. (칼을 뽑는다.)

쥐나 잡는 티볼트, 저쪽으로 가 보실까?

티볼트 나한테 무슨 볼일 있으신지?

머큐시오 고양이 족속의 왕이시여, 너의 아홉 개 목숨[41] 70

가운데 단 하나를 원하네. 감히 그걸 빼앗고 또 지금부터

날 어떻게 대하는지에 따라서 나머지 여덟 개도 요절 낼

---

40. 단 일격에: 원문에 나오는 'Alla stoccata'는 이탈리아 말로 'at the thrust'란 뜻의
펜싱용어.

41. 아홉 개 목숨: 영국 속담에 나오는 미신으로 '고양이는 아홉 개의 목숨이 있다'는
말이 있다.

참이네. 칼자루를 붙잡고 칼집에서 뽑아 낼 거지?

서둘러, 안 그러면 그게 나오기도 전에 내 칼이

네 귀를 날릴 테니까.

75 **티볼트** 그럼 덤벼봐라.　　　　　　(칼을 뽑는다.)

로미오 머큐시오, 제발 검을 집어넣게.

머큐시오　자, 찔러 보시지.　　　　　(둘이 싸운다.)

로미오 벤볼리오, 칼을 뽑아, 저들의 무기를 못 쓰게 떨어뜨려.

이보게들, 창피해, 폭력을 그만두게!

80 티볼트, 머큐시오! 영주께서 특명으로

베로나 거리에서 치고받지 말라고 하셨네.

　　　　　　　　　　　(로미오가 둘 사이에 끼어든다.)

멈춰라, 티볼트! 이보게 머큐시오!

　　　　　(티볼트가 로미오의 팔 밑으로 머큐시오를 찌른다.

　　　　　티볼트 추종자들과 함께 달아난다)

머큐시오　　　　　　　　　　난 찔렸어.

두 집안 다 염병에나 걸려라! 난 끝났어.

그는 달아났나, 멀쩡하게?

벤볼리오　　　　　　　　아니 너, 다쳤어?

85 **머큐시오**　응 그래, 할퀴었어, 할퀴었어, 근데 괜찮아.

내 시동 어딨어? 야 이놈아, 의사를 모셔와.

　　　　　　　　　　　　　　(시동 퇴장.)

로미오 자, 기운 내, 별거 아닌 상처야.

머큐시오　그래, 우물만큼 깊지도, 교회 문만큼 넓지도 않지만

상처로는 큰 걸세. 내일 나를 찾아봐,

무덤 사람이 되어 있을 테니. 난 이 세상에선   90

볼 장 다 봤어, 장담하지. 너희 두 집안 다 염병에나

걸려라! 제기랄, 개새끼, 쥐새끼, 고양이 새끼가

사람을 할퀴어 죽게 해! 산수 교과서 따라서 싸우는

떠버리 불한당, 악당놈이! 도대체 넌 우리 둘 사이에

왜 끼어들었어? 네 팔 밑으로 찔렸잖아.

로미오 난 다 잘하려고 생각했어.   95

머큐시오 누구네 집이든 나를 데려다 줘, 벤볼리오,

기절할 것 같아. 두 집안 다 염병에나 걸려라!

날 구더기 밥으로 만들었어. 난 당했어.

이렇게 완전히, 다 두 집안 때문이야!

(머큐시오와 벤볼리오 함께 퇴장.)

로미오 영주의 가까운 친척이며 바로 내 친구인   100

이 신사는 이렇게 치명상을 입었다,

나를 위해. 내 명예도 손상을 입었다. ─

한 시간 전에 내 친척이 되었던 티볼트.

티볼트의 모욕으로! 오, 사랑하는 줄리엣,

난 그대의 아름다움 때문에 얼간이가 되었고   105

강철같이 용감한 내 성격도 무디게 변했소.

벤볼리오 등장.

벤볼리오 오, 로미오, 로미오, 용감한 머큐시오가 죽었네!

여기에서 엉뚱하게 이 세상을 비웃었던

늠름하던 그 영혼은 구름 위로 올라갔네.

110 **로미오** 오늘의 불길한 운명은 앞날에 화근이 되고

이것은 재앙의 시작, 슬픔의 시작일 뿐, 결말은 오고야 만다.

티볼트 등장.

벤볼리오 불 같이 화난 티볼트가 되돌아오고 있어.

로미오 의기양양 떠났었지, 머큐시오를 살해하고!

사려 깊은 너그러움을 하늘로 날릴 테다.

115 광기여, 불 같은 네 눈으로 이제 날 인도하라!

자 티볼트, 조금 전에 네가 내게 주었던

그 왈패란 말을 돌려주마. 머큐시오의 영혼이

우리 둘의 머리 위에서 떠돌며

친구할 네 영혼을 기다리고 있으니까.

120 너나 나, 아니면 둘이서 그를 따라가야 해.

티볼트 그와 같은 패거리인 불행한 네 녀석도

저승에 함께 가게 해 주지.

로미오   이 칼로 결정하자.

둘이서 싸우다가 티볼트가 쓰러진다.

벤볼리오 로미오, 도망쳐, 달아나!

시민들이 일어났고 티볼트는 살해됐어!

멍하게 서 있지 마. 붙잡히면 영주께서 사형을

내리실 거야. 여기서 도망쳐, 달아나!

로미오 오, 난 운명의 노리개[42]인 바보로구나.

벤볼리오　　　　　　　　　　뭘 꾸물거리고 서 있어?

　　　　　　　　　　　　　　　　　　　　(로미오 퇴장.)

　　　　　　시민들 등장. (망루의 관원이 지켜보고 있다)

시민 1 머큐시오를 죽인 자는 어디로 달아났소?

　　　　살인자 티볼트는 어디로 달아났소?

벤볼리오　티볼트는 저기 있소.

시민 1　　　　　　　　　일어나 같이 가요.　　　　　130

　　　　영주의 이름으로 명령하니 따르시오.

　　　　　　영주, 몬태규, 캐퓰럿, 두 부인 및 모두 등장.

영주 이 고약한 소동을 일으킨 자들은 어디있느냐?

벤볼리오　오, 고귀하신 영주님, 제가 이 치명적인 싸움의

　　　　불행한 전말을 다 밝힐 수 있습니다.

　　　　영주님의 친척인 용감한 머큐시오를 죽이고　　　　135

　　　　젊은 로미오 손에 죽은 사람이 저기 누워 있습니다.

캐퓰럿 부인 내 조카 티볼트! 아, 오빠의 아들이다!

---

42. 난 운명의 노리개: 'I am fortune's fool!' 이 작품 전체에서 시작 부분의 star
　　crossed와 함께 비극적 운명에 관한 결말을 알려주는 대사.

오, 영주시여! 오, 남편이여! 오, 가까운 제 친척이
피를 흘렸습니다! 공정하신 영주시여,
140 우리 피의 대가로 몬태규를 피 흘리게 하소서.
오, 조카야, 조카야!

영주 벤볼리오, 이 혈투를 누가 시작했나?

벤볼리오 여기에 살해된 티볼트요, 로미오가 살해했죠.
로미오는 그에게 이 싸움이 얼마나 하찮은지
145 생각해보라 했고, 더불어 영주님의 노여움을
역설하였습니다. 이 모두를 부드럽게
차분하고 겸손하게 허리 굽혀 말했으나
화해에 귀 막은 티볼트의 사나운 역정을
잠재울 순 없었고, 날카로운 그의 칼은
150 용감한 머큐시오의 가슴을 향했는데
못지않게 화난 그도 살기등등 대적하며
무사다운 비웃음으로 차가운 죽음을
한 손으로 막은 다음, 그걸 다른 손으로
티볼트에게 보냈지만 그 또한 재빠르게
155 맞받아쳤답니다. 로미오는 큰 소리로
"그만둬, 친구들, 떨어져." 외치면서 팔을 들어
혀보다 더 빠르게 칼끝들을 쳐 내리며
둘 사이로 돌진했고, 그의 팔뚝 밑으로
악의에 찬 티볼트가 건장한 머큐시오를 찔러서
160 목숨을 끊었으며, 그 다음 티볼트는 도망을 갔다가

곧바로 되돌아와 로미오를 만났는데

그 또한 새롭게 복수심을 품었기에

두 사람은 번개처럼 맞붙어 건장한 티볼트는

제가 둘을 떼 놓기도 전에 살해됐고

그가 땅에 쓰러지자 로미오는 달아났습니다.　　　　165

이 사실이 허위라면 저를 죽여주십시오.

캐퓰럿 부인 이자는 바로 그 몬태규의 친척으로

정에 끌려 거짓되고 진실하지 못합니다.

이 음흉한 싸움에는 스무 명 정도 관련됐고

그 스무 명이 죽인 건 한 목숨뿐입니다.　　　　170

정당한 처벌을 청하오니 벌을 내리셔야 합니다.

티볼트를 살해한 로미오가 살아선 안 됩니다.

영주 머큐시오를 죽인 그를 로미오가 살해했다.

귀한 피의 대가를 누가 치를 것인가?

몬태규 로미오는 아닙니다, 영주님. 그는 머큐시오의 친구니까요.　　　　175

잘못이 있다면 티볼트의 목숨을 법 대신

끊은 것뿐입니다.

영주　　　　　　　바로 그 죄를 물어

나는 그를 이곳에서 지금 즉시 추방한다.

이 거친 난동에서 내 혈족이 피 흘리니　　　　180

당신들의 싸움에는 내 몫 또한 있도다.

그렇지만 벌금형을 엄청나게 크게 매겨

내 손실에 대해 너희가 모두가 후회하게 만들겠다.

탄원이나 변명 따윈 듣지 않을 것이고

눈물로도 기도로도 면죄부는 못 살 테니

185   이용 말라. 로미오는 급히 여길 뜨게 하라.

발각되면 그 시간이 그의 마지막이 될 것이다.

시체를 옮겨 놓고 나의 뜻을 기다려라.

살인자를 용서하는 자비 또한 살인이다.

(모두 퇴장.)

2장

줄리엣, 캐퓰럿 가의 정원으로 등장.

줄리엣 번개같이 발 빠른 말들이여 질주하라,

태양신 푀부스의 안식처로. 파에톤[43] 같은 마부가

서쪽으로 너희를 채찍질하면서

당장에 어두운 밤 불러오면 좋으련만.

사랑을 이루는 밤이여, 짙은 장막 드리워라.   5

훼방꾼들 눈을 가려 소리 없이 소문 없이

로미오가 내 품으로 뛰어들 수 있도록!

연인들의 고운 빛은 그들이 올리는 사랑 의식을

볼 수 있게 해주지만, 사랑이 눈멀었다면

밤이 가장 어울려, 엄숙한 밤이여, 어서 오라,   10

온통 검게 차려입은 수수한 부인처럼.

그래서 흠 없는 젊은 한 쌍이 벌이는

지면서 이기는 시합을 나에게 가르쳐다오.

네 검은 외투로 남자 없이 달아오른

내 뺨을 가려줘라, 수줍은 사랑이 용감해져   15

---

43. 파에톤 Phaethon: 태양신 푀부스(아폴로)의 아들. 아버지의 불마차를 하루만 몰도
록 허락 받았으나 말을 잘 통제하지 못하여 지구를 태울 지경에 이르자 제우스에
게 죽임을 당함.

참사랑이 순결을 움직였다 생각하도록.
밤이여, 어서 오라, 밤중의 낮 로미오여, 오세요.
그대는 갈까마귀 등 위에 내린 첫눈보다 더 희게
밤의 두 날개 위에 누워 있을 테니까.
20 검은 얼굴 사랑 품고 순한 밤아, 어서 와라.
로미오를 내게 주고 이 몸이 죽게 될 때
그이를 조각 내어 작은 별을 만들리라.
그러면 온 하늘은 너무나 찬란하여
세상 사람 모두가 밤을 사랑할 것이며
25 현란한 태양은 숭배하지 않을 거다.
오, 난 사랑이란 이름의 저택을 샀으나
소유하진 못했고 그이에게 팔렸으나
즐거움은 아직 없다. 오늘은 지루하기
한량이 없구나. 축제 있기 전날 밤에
30 새 옷을 받았으나 입지는 못하는
초조한 아이처럼. 아, 유모가 저기 오네.

줄사다리를 앞에 든 유모 등장.

소식이 있을 거야. 말이야 누구나 다 하지만
로미오란 이름은 천상의 웅변인걸.
자 유모, 무슨 소식? 손에 든 건 또 뭐야?
로미오가 가져가란 밧줄이지?
35 **유모**   네, 네, 밧줄은 맞아요.

줄리엣 아이 참, 소식은? 손은 왜 쥐어짜?

유모 아이고, 그이가 죽었어요, 죽었어, 죽었어!

아가씨, 우리는 망했어요, 망했어!

어쩌나, 떠났어요, 살해됐고 죽었어요.

줄리엣 하늘이 그렇게 질투를 해?

유모   하늘은 안 그래도   40

로미오는 그래요, 오, 로미오, 로미오!

누가 그걸 생각이나 했겠어요? 로미오!

줄리엣 유모가 악마야, 날 이렇게 괴롭히게?

이건 지옥에서나 울려 퍼질 고문이야.

로미오가 자결했어? "네."⁴⁴라고 말만 해줘,   45

나는 그 한마디에 쳐다만 보면 죽는다는

독사의 눈보다 더 심한 독기를 받을 거야.

그런 "네."가 있거나, 그이가 두 눈을 감았기에

그런 "네."가 나왔다면 난 내가 아니야.

죽었으면 "네."하고, 아니라면 "아니오."라고 해.   50

짧은 말이 행과 불행을 결정할 테니까.

유모 상처를 봤어요, 내 눈으로 봤다고요. —

하나님 맙소사! — 그이의 늠름한 가슴에.

불쌍한 피투성이, 불쌍한 시체는

재, 재처럼 창백했고 온몸은 피 범벅,   55

---

44. 45~50행 "네.": 원문에 I, eye, ay. 세 개의 같은 발음의 단어로 말장난이 나오는
   것을 "네."로 번역.

엉긴 피를 덮어썼어. 난 보고 기절했다고요.

줄리엣 오, 내 심장아 터져라, 텅 빈 내 가슴 곧 터져라!

두 눈은 감옥 가고 더 이상 자유를 못 보리라!

더러운 육체는 흙이 되고 동작은 곧 멈춰라.

60 흙과 함께 로미오여, 무거운 관 눌러 주오!

유모 오, 티볼트, 티볼트, 절친한 내 친구여!

오, 예의 바른 티볼트, 정직한 신사여,

내가 당신 죽음을 살아서 볼 줄이야!

줄리엣 이 무슨 폭풍이 정반대로 부는 거지?

65 로미오가 살해되고 티볼트도 죽었어?

최고로 귀한 내 사촌과 더 귀한 내 주인이?

그렇다면 무서운 나팔은 종말을 울려라.

그 둘이 떠났다면 산 사람은 없을 테니.

70 **유모** 티볼트는 죽었고 로미오는 추방이요.

그를 죽인 로미오, 그이는 추방이요.

줄리엣 오, 하나님! 로미오가 티볼트의 피를 흘려?

유모 그랬어요, 그랬어. 아이고, 그랬어요!

줄리엣 오, 꽃 같은 얼굴 뒤에 숨은 독사의 심장이여!

그렇게 멋진 굴에 용[45]이 산 적 있었을까?

75 아름다운 폭군이여, 천사 같은 악마여.

---

45. 용: 여기에서 줄리엣이 말하는 용 dragon은 동양문화에서처럼 힘 있고 상서로운
것이 아니라 탐욕을 상징하는 괴물이다(예: 영문학 최초의 시 「베울프」에 나오는
용도 마찬가지임).

비둘기 깃털 가진 까마귀! 늑대 이빨의 양이여!
최고신의 모습을 갖춘 혐오스러운 실체여!
정확한 겉모습의 정확한 반대인
저주받은 성자여, 명예로운 악한이여!
오, 조물주여, 당신은 무슨 일로 지옥에서   80
향기로운 육신의 사라지는 낙원 속에
마귀의 영혼을 집어넣은 것입니까?
그렇게 지저분한 내용을 그토록 아름답게
담은 책이 있었을까? 오, 그렇게 화려한 궁전에
거짓이 머물다니!

유모   남자들에겐 신뢰도 믿음도 정직도   85
없답니다. 모두가 위증하고
거짓되며 진실되지 않고 사기꾼들이에요.
아, 내 하인 어딨어? 독한 술 좀 가져와라.
이런 비탄, 슬픔 때문에 내가 늙어지는군.
빌어먹을 로미오!

줄리엣   그러길 바라는 유모의 혓바닥이나   90
갈라 터져 버려라! 빌어먹지 않을 거야.
그이의 이마에는 그런 운수 못 들어와,
그곳은 영예가 온 세상의 유일한 제왕으로
왕관 쓰고 자리 잡는 옥좌이기 때문에.
오, 내가 그이를 책망하다니 잘못한 짓이었어.   95

유모 사촌을 죽였는데 좋게 말할 거예요?

줄리엣 내가 내 남편을 나쁘게 말해야 돼?

아, 불쌍한 서방님, 세 시간밖에 안 된 아내가

당신 명예를 망쳤으니 그 누가 명예를 회복시킬까요?

100 하지만 몹쓸 당신, 내 사촌을 왜 죽였소?

그 몹쓸 사촌이 내 남편을 죽이려 했으니까.

어리석은 눈물아, 네 샘으로 돌아가라,

네 몸을 떨어뜨려 바칠 곳은 비탄인데

기쁜 일에 잘못 알고 내놓으려 하는구나.

105 티볼트가 살해할 뻔했던 내 남편은 살았고

내 남편을 살해할 뻔했던 티볼트는 죽었다.

이 모든 게 위안이 되는구나. 그런데 내가 왜 울지?

티볼트의 죽음보다 몹쓸 말이 있었는데

그게 날 죽였다. 그걸 잊고 싶지만

110 오, 죄인 가슴 압박하는 저주받은 악행처럼

그것이 내 기억을 짓누르고 있구나.

"티볼트는 죽었고 로미오는 추방됐다."

'추방됐다', 바로 그 '추방됐다' 한마디에

만 명의 티볼트가 살해됐다. 티볼트의 죽음은

115 그게 끝이었다면 충분히 비통한 일이었다.

아니면, 시무룩한 비탄이 친구를 좋아해서

비통의 대열에 꼭 끼어야 되겠다면

"티볼트가 죽었다."는 유모의 말 뒤에

슬플 때 흔하게 생길 법한 일로서 왜

아버지나 어머니, 아니면 둘 다는 안 따르고 120
티볼트의 죽음 뒤에 "로미오는 추방됐다."
그 말이 따라왔지? 바로 그 한마디에
아버지, 어머니, 티볼트, 로미오, 줄리엣이
다 살해되었고 다 죽었다! "로미오는 추방됐다!"
그 말 속의 죽음엔 끝이나 한계나 크기나 125
경계가 없어서 말로는 그 비탄을 벨 수 없구나.
유모, 아버지와 어머니는 어디에 계시지?

유모 티볼트의 시신 앞에서 울고불고하세요.
두 분에게 가시려고? 모셔다 드릴게요.

줄리엣 눈물로 상처를 씻어서? 그 눈물이 마르면 130
내 눈물은 로미오의 추방을 놓고 흘릴 거야.
그 밧줄을 치워줘요. 불쌍한 밧줄아,
너와 난 속았다, 로미오는 추방되었으니까.
내 침실 오는 길을 그인 너를 통해 만들었어.
하지만 난 처녀이자 과부로 죽는단다. 135
자 밧줄아, 자 유모, 나는 신방으로 갈 테니
죽음이여, 로미오 대신에 내 처녀성을 가져라.

유모 방으로 빨리 가요. 아가씨를 위로해 줄
로미오를 찾을게요. 어딨는지 잘 압니다.
잘 들어요, 로미오가 밤에 여기 올 겁니다. 140
가 볼게요, 로렌스 신부님 암자에 숨었어요.

줄리엣 오, 찾아봐! 이 반지를 나의 기사님께 전하고

마지막 작별하러 꼭 오시라고 일러줘. (모두 퇴장.)

3장

로렌스 수사 등장.

로렌스 수사 나와 봐라 로미오야, 겁에 질린 사람아.

고난이 네 자질에 마음을 빼앗겼고

그래서 넌 재앙과 결혼한 거란다.

로미오 등장.

로미오 신부님, 소식은요? 영주님의 심판은요?

제가 아직 모르는 무슨 슬픔이 다가와서   5

친교를 갈구하죠?

로렌스 수사   사랑하는 내 아들은

시무룩한 자들과 너무 친숙하구나!

너에게 영주님의 심판 소식을 가져왔다.

로미오 최후 심판이 아니라면 무슨 심판인데요?

로렌스 수사 관대한 판결이 그 입에서 나왔단다. ―   10

육신의 죽음이 아니라 육신의 추방이다.

로미오 하! 추방이라! 자비롭게 '죽음'이라 하세요.

유배형의 모습은 죽음보다 훨씬 더

쳐다보기 끔찍해요. '추방'이란 말 마세요.

15 **로렌스 수사** 너는 이곳 베로나 시에서 추방됐다.

참아라, 이 세상은 크고도 넓으니까.

로미오 베로나 성벽 너머 딴 세상은 없습니다.

연옥과 고문과 지옥 자체 말고는.

그러므로 '추방'은 세상에서 추방이고

20 세상에서 유배는 죽음이죠. 그래서 '추방'은

죽음의 오기이며, 죽음을 '추방'이라 부르면서

신부님은 제 머리를 금도끼로 자른 다음

그 살인의 일격에 미소 짓고 있답니다.

로렌스 수사 오, 지독하게 나쁜 죄! 오, 무례한 배은망덕!

25 네 잘못은 사형인데 자비로운 영주께서

네 편을 들면서 법을 밀쳐 버리고

'죽음'이란 험한 말을 '추방'으로 바꾸셨다.

이건 정말 자비인데 넌 그걸 보지 못해.

로미오 자비가 아니라 고문이죠. 줄리엣이 사는 곳

30 여기가 천국이고 모든 개와 고양이

어린 생쥐까지도, 가치 없는 모든 것도

이 천국에 살면서 그녀를 보건만

로미오만 못 봐요. 쉬파리들조차도

로미오를 능가하는 가치와 지위와

35 궁정 예법 있답니다. 놈들은 줄리엣의

놀라운 흰 손을 붙잡고 입술이 맞닿음도 죄인 양

순결하고 정결한 수녀의 겸손으로

항상 붉게 물드는 그녀의 입술에서

불멸의 축복을 훔쳐 낼 수 있건만

로미오는 못 그래요, 그는 추방됐습니다.　　　　　　40

파리들도 하는데 전 그걸 피해야만 합니다.

놈들은 자유지만 저는 추방됐습니다.

그런데도 유배가 죽음이 아니란 말입니까?

조제 독약 없어서, 날 선 칼이 없어서

추하지 않게끔 급사시킬 방법이 없어서　　　　　　45

'추방'으로 절 죽여요? '추방'이라고요?

오, 수사님, 그 말은 울부짖음과 함께

지옥에서 쓴답니다. 무슨 마음을 먹었기에

성직자이면서 고해성사 받는 분이

죄 사면을 하는 분이, 친구라고 밝힌 분이　　　　　　50

'추방'이란 말로써 저를 짓이깁니까?

로렌스 수사 어리석은 미치광이, 내 말 좀 들어 봐라.

로미오 오, 또다시 추방 얘기 하려는 거지요.

로렌스 수사 그 말을 막아 줄 갑옷을 네게 주마,

역경의 달콤한 우유인 철학으로　　　　　　55

추방은 당했지만 너를 위로해 주마.

로미오 아직도 '추방이요?' 철학이라고요!

철학으로 줄리엣을 만들어 내거나

도시를 옮기거나 영주의 판결 뒤집지 못한다면

도움도 납득도 안 됩니다. 그만두세요.　　　　　　60

로렌스 수사 오, 미치면 안 들린단 그 말이 맞구나.

로미오 어떻게 듣겠어요, 현자가 못 보는데?

로렌스 수사 네 처지를 우리 함께 논의 좀 해보자.

로미오 본인이 느끼지도 못하는 걸 말할 순 없어요.

65   당신이 저처럼 젊은데, 쥴리엣이 아내이고

결혼한 지 한 시간 만에 티볼트는 살해됐고

저처럼 혹했고 저처럼 추방된 상태라면

그러면 저처럼 얘기하고 머리칼 쥐어뜯고

지금 제 행동처럼 땅바닥에 드러누워

70   파지 않는 무덤 크길 재보고 있겠지요.   (노크)

로렌스 수사 일어나, 누가 왔어. 로미오야, 몸을 숨겨.

로미오 아닙니다, 안타까운 신음의 입김이

안개처럼 날 못 찾게 감싸 주지 않는다면.   (노크)

로렌스 수사 심하게 두드리네! 누구요? — 로미오, 일어나,

붙잡혀 갈 거야, — 잠깐만! — 일어서,

                                          (노크)

75   내 서재로 달려가. — 곧 갑니다! — 이거야 원.

왜 이렇게 어리석어? — 갑니다, 간다고요!   (노크)

누가 그리 두드려요? 어디서? 왜 왔어요?

유모 (안에서) 들어가게 해주시면 말씀 드리겠어요.

쥴리엣 아가씨가 보냈어요.

로렌스 수사   그럼 어서 오시오.

                          (문을 열어 준다.)

유모 등장.

유모   오, 수사님, 말씀 좀 해주세요, 수사님,

아가씨의 서방님, 로미오는 어딨어요?

로렌스 수사   제 눈물에 취해서 저기 저 땅바닥에.

유모   오, 아가씨가 보여 주는 바로 그 모습이네!

꼭 같은 모습이야. 오, 비통의 일치야!   80

가련한 광경이야! 그녀도 꼭 저렇게 누워서

울고불고 불고울고 그러고 있답니다.

일어나요 일어나, 남자답게 일어서요.

줄리엣을 위하여, 그녀 위해 일어서요.

그렇게 깊은 오! 속에는 왜 빠져 있어요?   85

로미오 유모!   (일어선다.)

유모   아 예, 아 예, 죽으면 다 끝이에요.

로미오 줄리엣 얘기했지? 기분은 어떻데?

나를 닳고 닳은 살인자로 생각 안 해?

내가 방금 그녀와 멀지 않은 친척 피로

갓 움튼 우리 기쁨 물들여 놨으니까.   90

어디 있어? 어떤데? 숨통 끊긴 우리 사랑

숨겨 놓은 내 아내는 뭐라고 말했어?

유모   오, 아무 얘기 안 하시고 울고 또 울다가

침대에 엎어졌다 벌떡 일어나서는

티볼트를 부른 다음 "로미오."를 외치고   95

다시 엎어지셔요.

로미오　　　　　　이건 마치 그 이름이

무섭게 정조준 된 포구에서 발사되어

그 이름의 욕된 손이 그녀 친척을 살해했듯

그녀를 살해한 것 같구나. 오, 수사님, 말해 줘요.

100　이 몸의 어느 더러운 부분에 제 이름이

머물고 있는지. 말해 줘요, 그 미운 저택을

부숴 버릴 테니까.

로렌스 수사　　　　멈춰라 그 무모한 손!

네가 과연 남자냐? 생긴 꼴은 그렇다만

네 눈물은 여자 같고 네 거친 행동은

105　짐승의 비이성적 광기를 드러낸다.

남자처럼 보이는데 볼품없는 여자이고

둘 다인 것 같은데 보기 흉한 짐승이라

넌 정말 놀랍구나! 내 성직에 맹세코

나는 네 성품이 이보다는 좋을 줄 알았다.

110　티볼트를 죽였어? 자결할 작정이냐?

그래서 네 생명 안에 사는 네 아내를

저주받은 자해로 죽이려 하느냐?

네 출생과 하늘과 땅, 왜 원망하느냐?

한꺼번에 잃겠다는 네 출생과 하늘과 땅,

115　세 가지가 한꺼번에 네게로 모였는데.

허, 네 모습과 네 사랑과 네 지능이 창피하다.

그 모두가 풍족한데 고리대금업자처럼
정말로 써야 할 곳, 네 모습과 사랑과 지능을
장식하는 일에는 하나도 안 쓰다니.
남자의 용맹성, 거기에서 벗어나면   120
고귀한 네 모습도 밀랍상일 뿐이고
간직하길 맹세했던 그 사랑을 저버리면
소중한 네 사랑도 허황된 위증일 뿐이며
네 모습과 네 사랑의 장식품인 네 지능도
앞선 둘의 잘못된 처신으로 망가졌어.   125
미숙한 군인의 화약통에 든 화약이
자신의 부주의로 불붙고 폭발하여
자기 방어 수단으로 사지가 찢어지는 것처럼.
어허, 정신 차려! 소중한 줄리엣을 위하여
좀 전에 넌 죽으려 했는데 그녀는 살아 있어.   130
그래서 넌 운이 좋아. 널 죽이려고 했던
티볼트를 살해했어. 그래서 넌 운이 좋아.
사형으로 위협하던 국법이 친구가 되어
추방을 내놓았다. 그래서 넌 운이 좋아.
축복은 떼를 지어 너에게 몰려오고   135
행복은 최고의 옷을 입고 너에게 구애한다.
그런데 넌 버릇없고 무뚝뚝한 처녀같이
네 행운과 애인을 못마땅해 하는구나.
조심해, 그러면 비참하게 죽으니까.

140	약속했던 그대로 아내에게 가 보거라.
	침실로 올라가, 어서 가서 위안해 주거라.
	하지만 파수를 설 때까진 머물지 마.
	그럼 넌 만투아로 건너가지 못하니까.
	넌 거기 살 거야. 우리가 때를 봐서
145	네 결혼을 공표하고 친구들을 화해시키고
	영주님께 사면을 청해 떠날 때의 슬픔보다
	백만 배의 기쁨으로 너를 불러올 때까지.
	유모는 앞서 가게. 아가씨께 안부하고
	온 집안을 일찍 자게 만들라고 하게나.
150	깊은 슬픔 때문에 기꺼이 그리할 테니까.
	로미오가 간다네.

유모 어머나, 밤새 여기 남아서 훌륭한 충고를
들었으면 좋겠네. 오, 아는 것도 많으셔라.
서방님, 아가씨께 오신다고 알릴게요.

155 **로미오** 그래 줘요, 꾸중할 준비도 하고 있고.

(유모가 가려다가 되돌아온다.)

유모 이거요. 아가씨가 전하라는 반지예요.
서둘러 오세요. 많이 늦어졌습니다. (퇴장.)

로미오 이걸 보니 얼마나 위안이 되는지.

로렌스 수사 가 보거라, 잘 자고. 네 상황은 이렇다.

160 파수를 서기 전에 이곳을 떠나든지
동틀녘에 변장하고 여기를 떠나거라.

만투아에 체류해. 나는 네 하인을 찾아서

여기서 일어나는 좋은 일은 모조리

수시로 너에게 알리도록 하겠다.

악수하자. 늦었다, 잘 가고 좋은 밤 보내라.　　　　　165

로미오 크나큰 기쁨이 절 부르지 않는다면

이런 급한 작별은 슬픔일 것입니다.

안녕히 계십시오.　　　　　　　　　　　(함께 퇴장.)

4장

캐퓰럿 노인, 캐퓰럿 부인, 파리스 등장.

캐퓰럿 그런데 일이 너무 불운하게 벌어져
우리 딸을 설득할 시간이 없었다네.
이보게, 그 애는 티볼트를 지극히 사랑했고
나 또한 그랬다네. 하긴, 태어나면 죽는 거지.
5 상당히 늦었네. 오늘 밤 그 애는 안 내려와.
단언컨대 난 손님이 자네가 아니었더라면
한 시간 전에 벌써 잠자리로 갔을 걸세.

파리스 비탄의 시간에 구애할 시간은 없군요.
마님, 따님에게 안부 전해 주십시오.

10 **캐퓰럿 부인** 그러지, 아침 일찍 걔 뜻도 알아내고.
그 애는 오늘 밤 무거운 시름에 갇혀 있어.

(파리스가 가려는데 캐퓰럿이 그를 다시 부른다.)

캐퓰럿 파리스 백작, 내 자식의 혼사에 대하여
절박한 제안을 하겠네. 그 애는 모든 걸
내 결정에 맡길 것 같은데, 그럼, 틀림없어.
15 여보, 잠자러 가기 전에 그애에게 가 보시오.
내 사위 파리스의 사랑을 알려 주고
그애에게 ―알겠소?―다가오는 수요일에―

잠깐만 ─ 오늘이 무슨 요일이던가?

파리스   월요일요.

캐퓰럿 월요일! 하 하! 하긴, 수요일은 너무 일러.

목요일로 하자고 ─ 목요일에 그 애가   20

이 백작과 결혼할 거라고 말하시오.

자네는 준비되나? 이렇게 서둘러도 좋은가?

큰 법석은 없을 걸세 ─ 친구 한둘 정도로.

들어 보게, 티볼트가 살해된 게 최근인데

너무 흥청거리면 우리의 친척인 그 애를   25

소홀히 여긴다고 생각할 테니까.

그래서 아는 사람 여섯 정도 부르고

그걸로 끝일세. 그런데 목요일은 괜찮은가?

파리스 네, 저는 그 목요일이 내일이었으면 합니다.

캐퓰럿 그렇다면 가 보게, 목요일로 하겠네. ─   30

당신은 자기 전에 줄리엣한테 가서

혼인날에 대비하여 준비를 시키시오.

잘 가게, 백작. 여봐라, 방에 횃불 가져와라!

이거 참, 시간이 너무 늦어 이제 곧

새벽이라 말해도 될 것 같군. 잘 자게. (모두 퇴장.)

5장

베로나, 캐플렛의 맨션

로미오와 줄리엣 위쪽의 창문에 등장.

줄리엣 가려고요? 날은 아직 밝지도 않았는데.
　　　걱정하는 당신의 텅 빈 귀를 꿰뚫은 건
　　　종달새가 아니라 밤꾀꼬리였어요.
　　　밤마다 저기 저 석류나무 위에서 우니까.
5　　　내 말을 믿으세요 여보, 밤꾀꼬리였어요.
로미오 종달새였다니까, 아침의 전령이지
　　　밤꾀꼬린 아니오. 저 봐요, 저 건너 농녘에
　　　시샘하는 빛살이 터진 구름 수놓은 걸.
　　　밤 촛불은 다 꺼지고 유쾌한 낮의 신이
10　　　안개 낀 산마루에 발끝으로 서 있다오.
　　　난 가서 살거나 남아서 죽어야만 한답니다.
줄리엣 저 빛은 햇빛이 아니란 걸 알아요, 네,
　　　저것은 태양이 내뿜은 혜성으로
　　　오늘 밤 당신 위해 횃불잡이 노릇하며
15　　　만투아로 가는 길을 밝히려는 거라고요.
　　　그러니까 머물러요, 갈 필요 없다니까.

로미오 잡혀가게 해 줘요, 죽임을 당하도록.

　　　당신이 그러기를 원하면 난 만족이랍니다.

　　　나는 저 잿빛이 아침의 눈망울이 아니라

　　　창백한 달님 이마 반사한 것뿐이며　　　　　　　　　　20

　　　저 높은 곳에서 노래로 창공을 울리는 게

　　　종달새가 아니라고 우겨 말할 테니까.

　　　난 가려는 의지보다 머물 마음이 더 많아요.

　　　죽음이여 어서 와라! 줄리엣의 뜻이다.

　　　어때요, 여보? 날은 밝지 않았소, 얘기해요.　　　　　25

줄리엣 밝았어요, 밝았어! 어서 여길 떠나세요!

　　　거슬리는 불협화음 불유쾌한 올림표로

　　　엉망진창 노래하는 저것은 종달새랍니다.

　　　종달새는 고운 음을 분산 연결한다는데

　　　저것은 못하네요, 우리를 떼어놓으니까.　　　　　　30

　　　종달새와 역겨운 두꺼비가 눈을 바꿨다는데

　　　오, 서로의 목소리도 바꿨으면 좋았을걸.

　　　그 소리에 놀라서 우리 포옹 풀어지고

　　　일어나라 노래하며 당신 쫓아내니까요.

　　　아, 이제 가세요, 점점 더 밝아지고 있어요.　　　　　35

로미오 날은 점점 밝아지고 우리 한탄 짙어지네!

　　　　　　　　　　유모 황급히 등장.

유모 　아가씨!

줄리엣 유모?

유모 마님께서 아가씨 방으로 오십니다.

　　　동이 텄으니 조심하고 주변을 살피세요.　　　(퇴장.)

40　**줄리엣** 그럼 창아, 낮 들이고 생명은 내보내라.

로미오 잘 있어요! 한 번만 키스하고 내려갈게.

（로미오, 줄사다리를 타고 내려간다.）

줄리엣 가셨어요, 여보 당신, 네, 남편이자 애인이여!

　　　한 시간 안에도 매일매일 소식 줘야 합니다.

45　　단 일 분 안에도 여러 날이 있으니까.

　　　오, 이렇게 셈을 하면 내가 당신 로미오를

　　　또다시 보기 전에 늙어 버리겠어요!

로미오 (아래에서) 잘 있어요!

　　　여보, 내 인사를 당신에게 전할 수만 있다면

50　　그 어떤 기회도 놓치지 않을게요.

줄리엣 오, 당신은 우리가 다시 볼 것 같아요?

로미오 반드시 그럴 거요, 그리하여 이 모든 한탄은

　　　우리의 미래에 달콤한 얘깃거리가 될 거예요.

줄리엣 맙소사, 내 영혼이 액운을 점치네!

55　　내 생각엔 당신이 너무 아래 있으니까

　　　무덤 안에 누워 있는 죽은 사람 같아요.

　　　내 시력이 갔거나 당신이 창백한 거겠지요.

로미오 여보, 내 눈엔 당신도 그렇게 보여요.

　　　갈증 난 슬픔이 우리 피를 마셨어요, 안녕!　(퇴장.)

줄리엣 오, 운명, 운명아! 모두가 널 변덕스럽다 한다.   60

        네가 변덕스럽다면 신의로 유명한 사람을

        어디다 쓰겠느냐? 운명아, 변덕을 부려라.

        그러면 그이를 오래 아니 붙잡고

        돌려보낼 테니까.

캐퓰럿 부인   애, 딸애야, 일어났어?

줄리엣 누가 날 부르지? 어머니로구나.   65

        이리 늦게 안 주무셔? 너무 일찍 깨셨나?

        무슨 별난 까닭으로 오시게 된 걸까?

                            (창문에서 내려간다.)

                캐퓰럿 부인 등장.

캐퓰럿 부인 그래, 줄리엣, 좀 어떠냐?

줄리엣   안 좋아요, 어머니.

케퓰럿 부인 사촌이 죽었다고 계속해서 울고 있어?

        아니, 눈물로 그 애를 무덤에서 꺼내려고?   70

        그래도 그 애를 살려내진 못할 거다.

        그러니 그쳐라. 애통은 사랑의 표시지만

        지나치게 슬퍼하는 건 슬기롭지 못한 거란다.

줄리엣 그래도 엄청난 상실감이니 울게 해주어요.

캐퓰럿 부인 이별의 슬픔은 알지만, 그 사람은 운다 해서   75

        살아오진 않아.

줄리엣   상실을 느낄 때면

친구를 위해 계속 울지 않을 수 없어요.

캐퓰럿 부인 글쎄다, 넌 그 애가 죽어서 우는 게 아니라

그 애를 죽인 악당이 살아서 우는 거지.

줄리엣 무슨 악당 말씀인지요?

80 **캐퓰럿 부인**   로미오란 악당이지.

줄리엣 (방백) 악당과 그이는 수십 리나 떨어져라. ―

신이시여 그를 사하소서! 저도 진정 용서해요.

하지만 그런 사람 때문에 애통하진 않아요.

캐퓰럿 부인 역적 같은 살인자가 살았으니 그렇지.

85 **줄리엣** 네 어머니, 이 손이 닿을 수 없는 곳에.

나 홀로 사촌 죽음 복수할 수 있었으면!

캐퓰럿 부인 우리는 복수하게 될 테니 염려 마라.

그러니 그만 울어. 만투아로 사람을 보낼 거야,

바로 그 추방된 떠돌이가 사는 데로,

90 희귀한 독약을 그자에게 먹여서

머지않아 티볼트와 동무하게 만들 거야.

그럼 넌 만족할 거라고 믿는다.

줄리엣 저는 정말 로미오에 절대 만족 못해요. ―

죽어 있는― 그 사람을 쳐다볼 때까지

95 친척 위해 애타는 제 마음은 그래요.

어머니, 독약을 가져갈 사람을

찾아만 주신다면 제가 그걸 조절하여

로미오가 받아먹고 곧바로 조용히

잠들게 하겠어요. 오, 그 이름 듣고 나서

내 마음은 이리도 그를 혐오하는데   100

사촌을 죽인 그의 몸에 다가가서

내가 품은 사촌 사랑 분풀이를 못하다니!

캐퓰럿 부인 수단을 찾아봐라, 사람은 찾아줄게.

하나 얘야, 이제는 기쁜 소식을 말해 주마.

줄리엣 기쁨이 꼭 필요한 때를 맞춰 잘 왔군요.   105

말씀해 보세요 어머니, 뭔데요?

캐퓰럿 부인 응, 그래. 너에겐 자상한 아버지가 계신다.

무거운 네 마음을 덜어 주기 위하여

너도 예상 못했고 나도 기대 못했지만

뜻밖에도 기쁜 날을 골라 놓으셨단다.   110

줄리엣 참 다행이네요, 어머니. 그게 무슨 날이죠?

캐퓰럿 부인 그래, 얘야, 이번 주 목요일 아침 일찍

씩씩하고 젊으며 가문 좋은 신사인

파리스 백작이 다행히 성 베드로 성당에서

널 기쁨에 찬 신부로 만들어 줄 거야.   115

줄리엣 성 베드로 성당과 베드로에 맹세코

기쁨에 찬 신부로 절 만들진 못합니다.

이렇게 서둘다니 이상해요. 남편 될 사람이

구애도 하기 전에 결혼해야 하다니,

아버지께 말씀드려 주세요, 어머니.   120

전 아직 결혼하지 않을 거라고. 한다면 맹세코

파리스보다는 어머니가 제 미움을 잘 아시는
로미오와 할 겁니다. 이거 정말 이야깃거리지요!

캐퓰럿 부인 아버지가 오신다. 네가 직접 얘기해 봐,
125   네 말을 어떻게 받아들이시는지 보자.

캐퓰럿과 유모 등장.

캐퓰럿 해가 지면 땅 위에는 서리가 내린다.
하지만 내 동생의 아들이 지고 나니
곧바로 비가 오네.
얘, 분수라도 된 거야? 뭐, 아직도 눈물을?
130   끊임없이 퍼부어? 너는 그 작은 몸 하나로
배와 바다 그리고 바람 흉내를 내는구나.
바다라고 해도 좋을 네 눈엔 언제나
눈물이 오락가락하니까. 네 몸은 배처럼
짠물 위를 항해하고, 네 한숨은 바람처럼
135   눈물과 뒤섞이어 맹렬하게 몰아치니
급히 고요를 못 찾으면 폭풍 맞은 네 몸은
뒤집어질 것이다. 그런데, 여보.
우리의 결단을 딸에게 전했소?

캐퓰럿 부인 네, 하지만 안 한다며 당신께 고맙대요.
140   이 바보는 무덤과 결혼하면 좋겠어요!

캐퓰럿 잠깐만, 알아듣게, 알아듣게 말해 줘요.
뭐라고, 안 한다고? 우리에게 감사 안 해?

반갑지 않다고? 축복으로 생각 안 해?

훌륭하지 못한 애를 우리가 노력하여

참 훌륭한 신사가 신랑이 되게 해줬는데? 145

줄리엣 해주셔서 반갑진 않으나 고맙긴 합니다.

싫은 것이 절대로 반가울 순 없으나

뜻은 사랑이기에 싫어도 고맙긴 합니다.

캐퓰럿 뭐 뭐, 어쨌다고? 말을 돌려! 이게 뭐지?

"반갑다." "고맙다." 하다가 "고맙잖다." 150

게다가 "반갑잖다?" 버릇없는 것 같으니.

고맙다 반갑다 다 집어치우고

그 잘난 몸이나 추슬러 이번 주 목요일에

성 베드로 성당으로 파리스와 함께 가.

안 그러면 틀에 묶어 내가 끌고 가겠다. 155

나가, 누렇게 썩을 년아! 나가, 이 못난 것아!

허연 상판하고는!

캐퓰럿 부인　　　아니 여보, 미쳤어요?

줄리엣 아버지, 무릎 끓고 간청을 드리오니

한마디만 제 얘기를 들어봐 주세요.

(무릎을 꿇는다.)

캐퓰럿 목이나 매거라, 말 안 듣는 못난 것! 160

내 뜻을 말해 주지. ─ 목요일에 성당에 가,

안 그러면 그 뒤로 내 얼굴 다시는 못 본다.

말이나 응답이나 대답도 하지 마라!

손이 근질거린다, 여보, 하나님이 우리에게

얘 하나만 주셔서 복도 없다 그랬잖소.

그런데 이제 보니 이 하나도 너무 많고

우리가 저것을 얻은 게 저주임을 알겠소.

꺼져라, 이 상것아!

유모   하나님, 아가씨를 살피소서!

그런 욕을 하시다니 주인님 잘못이요.

170 **캐퓰럿** 왜지요, 지혜 마님? 입 다물고 저리 가서

수다꾼들하고나 떠드시지, 현명 여사!

유모 사악한 말 안 했어요.

캐퓰럿   아, 잠이나 주무셔!

유모 얘기도 못해요?

캐퓰럿   조용히 해, 이 옹알이 바보야!

무게 있는 말씀은 수다 떨 때 하라고,

여긴 필요 없으니까.

175 **캐퓰럿 부인**   너무 흥분하셨어요.

캐퓰럿 원 참, 미치겠네! 밤낮으로, 일하거나 놀거나

혼자거나 함께이거나 내 걱정은 언제나

얘의 혼인이었고 그러다가 이제 와서

많은 토지 소유하고, 젊은 데다 가문 좋고

180 사람들 말처럼 훌륭한 자질로 꽉 찼으며

상상 속의 바람직한 남자 모습을 모두 갖춘

귀족 가문 신사를 마련해 놓았는데

이제는 이 망할 것, 징징 짜는 바보가

푸념하는 얼간이가 복이 굴러 왔는데도

"전 결혼 안 해요, 사랑할 수 없어요, 185

어려서요, 용서해 주세요."라고 대답하더니,

하지만 결혼을 안 해도 용서는 하겠다!

딴 데 가서 빌어먹어, 나와 함껜 못 살 테니.

조심해서 생각해 봐, 늘 하는 농담 아냐.

목요일은 가까워. 가슴에 손을 얹고 숙고해 봐. 190

네가 내 것이라면 친구에게 주겠지만

아니라면 목을 매! 구걸해! 굶다가 객사해!

목숨 걸고, 난 너를 절대 인정 않을 거며

내가 가진 어떤 것도 네게 도움 안 될 거다.

내 말 믿어, 명심해, 위증하지 않을 테니. (퇴장.) 195

줄리엣 제 비탄을 바닥까지 굽어 살펴보시는

동정심의 천사는 구름 위에 없나요?

오, 사랑하는 어머니, 절 버리지 마세요!

결혼을 한 달만, 일주일만 연기해 주세요.

아니면 제 신방을 티볼트가 누워 있는 200

어둑한 석실묘 안쪽에 만들어 주세요,

캐퓰럿 부인 난 입을 다물 테니 나한테 얘기 마라.

난 너랑 끝났으니 마음대로 하려무나. (퇴장.)

줄리엣 오, 하나님! 오 유모, 이걸 어찌 막아내지?

내 남편은 땅 위에, 내 서약은 하늘에 있는데 205

어떻게 그 서약이 땅으로 돌아오지?

내 남편이 땅을 떠나 하늘에서 그것을

보내오지 않는다면? 위로해줘, 조언해줘!

아, 슬프다, 나같이 연약한 사람에게

210   하늘이 이렇게 계략을 꾸미다니!

어떡하지? 기쁜 말은 한마디도 못하겠어?

위로 좀 해줘, 유모.

유모   그럼 이렇게 하세요.

로미오는 추방됐고 온 세상이 뒤집혀도

아가씨를 요구하러 절대 감히 못 옵니다.

215   온대도 남몰래 올 수밖에 없지요.

그렇다면 사정이 지금과 같으니까

백작과 결혼을 하는 게 제일인 것 같아요.

오, 그이는 참 멋진 신사예요!

그에 비해 로미오는 걸레죠, 독수리에게도

220   파리스의 눈처럼 푸르고[46] 생기 있고

고운 눈은 없답니다. 내가 저주받더라도

두 번째 혼인으로 행복하실 겁니다.

첫째보다 나으니까. 낫지 않다 하더라도

첫째는 죽었어요. 아니면 여기 살아 있어도

225   그를 쓰지 못한다면 죽은 거나 다름없죠.

줄리엣 마음에서 우러나온 말이야?

---

46. 푸르고: 'green eyes'는 매우 드물어 당시에는 특히 귀하게 평가 받았다.

유모 영혼까지 합쳐서요. 아님 둘 다 빌어먹죠.

줄리엣 아멘!

유모 뭐라고요?

줄리엣 글쎄, 유모는 날 놀랄 만큼 위로해 주었어.   230
들어가서 마님께 난 로렌스 님 암자로
아버지를 불쾌하게 해드린 걸 고백하고
죄 사함을 받으러 갔다고 말씀 드려.

유모 네, 그러지요. 현명하게 처리하신 거예요. (퇴장.)

줄리엣 저주받을 할망구! 오, 참으로 사악한 악마여!   235
내 맹세를 저버리길 바라는 게 더 큰 죄냐,
아니면 그이를 견줄 데 없다고
천 번 만 번 칭찬하던 그 입으로 그이를
헐뜯는 게 더 큰 죄냐? 잘 자라, 조언자여,
내 마음과 유모는 이제부터 남남이야.   240
수사님께 대책을 알아보러 가야지.
모든 방법이 실패해도 죽을 힘은 남아 있다. (퇴장.)

4막

1장

로렌스 수사와 파리스 등장.

로렌스 수사　목요일요? 시간이 너무 모자라는데.

파리스　장인 되실 캐퓰럿이 그 날짜를 원하시오,

　　　　저 또한 그분의 재촉을 늦추고 싶진 않고.

로렌스 수사　아가씨 마음을 모른다고 말하셨지.

5　　　　순조롭지 않은데. 마음이 안 내켜요.

파리스　그녀는 티볼트의 죽음에 한없이 운답니다.

　　　　그래서 사랑 얘긴 별로 못 해봤어요.

　　　　비너스는 우는 집에 미소 짓지 않으니까.

　　　　그런데 그녀 부친께서는 그녀가 슬픔에

10　　　　너무 크게 흔들리면 위험하다 생각하고

　　　　범람하는 그녀의 눈물을 막으려고—

　　　　혼자일 땐 울고픈 맘 크게 일어나지만

　　　　곁에 누가 있으면 멈출 수 있으니까—

　　　　현명하게 우리 결혼 서두르십니다.

15　　　　이제는 서두르는 이유를 아셨지요?

로렌스 수사　(방백) 왜 늦춰야 되는지 몰랐으면 좋으련만—

　　　　저 봐요, 아가씨가 내 암자로 오는군요.

줄리엣 등장.

파리스 잘 만났소. 내 아가씨 그리고 내 아내여!

줄리엣 그럴지도 모르지요, 내가 아내가 된다면.

파리스 목요일엔 그 가정이 사실이 될 겁니다.   20

줄리엣 필연이면 그렇겠죠.

로렌스 수사   그건 맞는 말이다.

파리스 여기 이 신부님께 고백하러 오셨나요?

줄리엣 답하려면 당신에게 고백을 해야겠죠.

파리스 이분에게 날 사랑한다는 걸 부인 마오.

줄리엣 나는 그를 사랑한다, 당신에게 고백하죠.   25

파리스 날 사랑한다는 고백 또한 할 겁니다.

줄리엣 내가 만약 그런다면 당신 몰래 하는 것이

　　　　보며 하는 것보다 더 가치 있겠죠.

파리스 저런, 눈물이 그대 얼굴을 너무 할퀴었어요.

줄리엣 그래서 눈물이 얻은 건 별로 없죠.   30

　　　　못살게 굴기 전에 이미 험했으니까.

파리스 얼굴에겐 눈물보다 더 나쁜 말이군요.

줄리엣 사실을 말한 것은 비방이 아니고

　　　　내 말은 내 얼굴을 두고서 한 겁니다.

파리스 그대 얼굴은 내 것인데 그것을 비방했소.   35

줄리엣 사실을 말한 것은 비방이 아니고

　　　　내 말은 내 얼굴을 두고서 한 겁니다.

파리스 그대 얼굴 내 것인데 그것을 비방했소.

줄리엣 그럴지도 모르지요, 내 것은 아니니까.

지금 좀 짬을 낼 수 있으세요, 신부님?

아니면 저녁 미사 시간에 올까요?

로렌스 수사 지금 짬이 있단다, 수심에 잠긴 애야.

40 백작님, 둘만의 시간을 간청해야겠습니다.

파리스 신앙심을 방해하면 절대로 안 되지요!

줄리엣, 목요일 아침 일찍 깨우겠소.

그때까지 잘 있고, 신성한 이 키스를 간직하오.

(퇴장.)

줄리엣 오, 그 문을 닫으세요, 그렇게 하신 다음

45 함께 울어 주세요. 희망, 치유, 도움조차 없어요!

로렌스 수사 오, 줄리엣, 네 비탄을 이미 알고 있단다.

내 머리 가지고는 해결 못할 일이야.

듣자 하니 넌 연기가 불가능한 상황에서

목요일에 이 백작과 결혼해야 한다면서?

50 **줄리엣** 들었단 말씀조차 마세요, 신부님.

막을 수 있는 법을 말해 주지 못할 바엔.

당신의 지혜로 도와줄 수 없다면

제 결단을 현명하다 말씀만 해주세요,

그러면 이 칼로 그걸 곧 실행에 옮길게요.

55 두 마음은 신께서, 두 손은 당신께서 합쳤으니

당신께서 로미오와 맺어 준 이 손으로

또 다른 허가서에 도장을 찍기 전에

제 진심이 모반하여 다른 남자 보기 전에

이 손과 이 심장을 죽여 버리겠어요.

그러니까 오랫동안 쌓아 온 경험으로 60

즉각 조언해 주거나 아니면 보십시오,

잔학한 이 칼은 저와 제 극한 상황 사이에서

당신의 연륜과 기술의 권위를 가지고도

참으로 명예로운 결론을 못 내리는 사안을

중재하며 심판의 역할을 할 겁니다. 65

말씀을 지체하지 마세요. 하시는 말씀이

치유책이 아니라면 전 죽고 싶어요.

로렌스 수사 멈춰라, 얘야! 일종의 희망이 보이는데

그걸 달성하려면 막으려고 하는 것이

절박한 만큼이나 절박한 행동이 요구된다. 70

파리스 백작과 결혼하는 대신에

네가 만약 자결할 의지력을 가졌다면

죽음을 피하려고 죽음 그 자체에 맞섰으니

이번의 치욕을 꾸짖어 쫓기 위해

죽음과 비슷한 일을 시도할 것 같구나. 75

그걸 감행하겠다면 치유책을 말해 주마.

줄리엣 오, 파리스와 결혼보단 차라리 저더러

어느 요새 탑에서든 뛰어내리라거나

도둑 많은 길을 가거나 뱀들이 있는 곳에

80 은신을 명하세요, 울부짖는 곰과 함께 묶거나

악취 나는 정강이, 턱뼈 빠진 노란 해골,

덜컹대는 뼈다귀로 꽉 차 있는 납골당에

밤마다 이 몸을 숨겨 놓으십시오.

아니면 저더러 새로 만든 무덤에 들어가

85 수의 감은 시체 곁에 숨으라고 하세요, ―

그런 얘기 듣고서는 몸을 떨었드랬는데 ―

그러면 공포나 의심 없이 그렇게 할 겁니다.

소중한 서방님의 티 없는 아내로 살기 위해.

로렌스 수사 그럼 됐다. 집에 가서 명랑하게 지내고

90 파리스와 결혼에 동의해라. 내일은 수요일[47],

내일 밤엔 조심해서 혼자서 자도록,

유모가 네 방에서 같이 자지 않도록 해.

침대에 누운 다음 이 병을 꺼내서

온몸이 퍼지는 이 약을 끝까지 다 마셔라.

95 그러면 곧 차갑고 나른한 기운이

핏줄을 통하여 네 온몸에 퍼질 거다.

맥박은 제대로 못 뛰고 멈추고 말 테니까.

온기도 숨결도 네 생명을 입증 못할 것이고

장밋빛 입술과 두 뺨은 파리한 잿빛으로

100 퇴색할 것이며, 죽음이 삶의 날을

---

47. 내일은 수요일: 애초에 목요일로 예정된 결혼일을 캐퓰럿이 수요일로 앞당기는 바람에(4막 2장) 줄리엣은 화요일 밤에 약(수면제)을 마시게 된다.

마감할 때처럼 눈의 창은 닫힐 거다.
유연한 동작을 박탈당한 각 기관은
죽음처럼 뻣뻣하고 차가워 보일 거며
이렇게 죽음의 축소판을 빌려 온 상태로
넌 42시간을 지낸 다음   105
유쾌한 잠에서 깨어나듯 깨어날 것이다.
그런데 신랑이 아침에 침대에서 자는 너를
깨우러 왔을 때 너는 거기 죽어 있다.
그러면 우리나라 풍습이 그렇듯이
최고 좋은 옷 입히고 뚜껑 열린 관에 넣어   110
캐퓰럿 가문의 모든 친척이 누워 있는
오래된 묘지로 너를 옮길 것이다.
그러는 동안에 네가 깰 때 대비하여
로미오는 내 편지로 우리 뜻을 알아내고
이리로 올 것인데, 그러면 그와 나는   115
깨어나는 너를 지키다가 바로 그날 저녁에
로미오가 널 데리고 만투아로 갈 것이다.
그럼 넌 지금의 치욕에서 해방된다.
변덕이나 여자의 공포심 때문에
실행할 용기가 줄어들지 않는다면.   120

줄리엣 주세요, 주세요! 오, 공포 얘긴 마세요!

로렌스 수사 이걸 받고 가거라. 결심을 굳게 하고
성공하기 바란다. 난 빨리 네 남편에게

만투아로 수사 한 명에게 편지 줘서 보내겠다.

125 **줄리엣** 사랑은 내게 힘을! 힘은 도움 줄 거예요.

신부님, 안녕히 계세요! (함께 퇴장.)

2장

캐퓰럿, 캐퓰럿 부인, 유모 및 하인 두세 명 등장.

캐퓰럿 여기에 적힌 대로 손님들을 초대하라.

(하인 1 퇴장.)

이봐, 솜씨 좋은 요리사 스무 명을 고용해.

하인 2 서투른 놈은 하나도 없을 겁니다, 어르신. 손가락을
빨 줄 아는지 시험해 볼 테니까요.

캐퓰럿 그런 시험으로 어떻게 그걸 알아내지?   5

하인 2 참, 나리도, 자기 손가락도 빨 줄 모르는 놈은
서투른 요리사잖아요. 그래서 자기 손가락도 빨 줄
모르는 놈은 저랑 같이 안 놀아요.

캐퓰럿 가, 어서 가.   (하인 2 퇴장.)

이번 일엔 갖추지 못한 게 많을 거야.   10

여봐라, 딸애는 로렌스 수사에게 갔느냐?

유모 네, 그럼요.

캐퓰럿 글쎄, 수사가 좀 도움이 될지도 모르지.

철없는 고집쟁이 맹추 같으니라고.

줄리엣 등장.

15 **유모**　유쾌한 모습으로 속죄하고 오는군요.

캐퓰럿　그래 이 옹고집아, 어디를 싸다녔어?

줄리엣　아버지와 아버지의 분부에 순종 않고
　　　　　반항한 죄악을 뉘우치는 곳에 가서
　　　　　교육을 받았고, 로렌스 신부님으로부터
　　　　　여기에 엎드려 용서를 빌도록
20　　　명을 받았습니다.　　　　(무릎을 꿇는다.)
　　　　　　　　　　용서해 주세요, 제발!
　　　　　이제부터 아버지의 지도를 받겠어요.

캐퓰럿　백작을 불러라, 가서 이 얘기를 해주고.
　　　　　내일 아침[48] 이 인연을 맺도록 하겠다.

25 **줄리엣**　수사님 암자에서 그 젊은 백작을 만났고
　　　　　겸손의 범위를 넘어서지 않으면서
　　　　　적당한 사랑을 표시해 드렸어요.

캐퓰럿　그것 참 기쁘구나, 잘됐다, 일어나라.
　　　　　그래야 하느니라. 백작을 만나 보마.
30　　　암, 그렇지, 어서 가, 그를 이리 데려와라.
　　　　　하나님께 맹세코, 우리 시민 모두는
　　　　　수사의 은덕을 크게 입고 있는 거야.

줄리엣　유모, 내 방에 같이 가서 유모의 생각에
　　　　　내일 나의 성장에 알맞고도 필요한

---

48. 내일 아침: 수요일 아침. 4막 1장에 나오듯이 결혼일이 예정된 목요일보다 하루 앞
　　당겨짐.

장신구를 고르는 일 도와줄 수 있겠어?x

캐퓰럿 부인 아, 목요일까지는 안 해도 돼, 시간은 충분해.

캐퓰럿 유모, 같이 가게, 성당엔 내일 갈 테니까.

(줄리엣과 유모 함께 퇴장.)

캐퓰럿 부인 필요한 물품들이 모자랄 터인데

이제 거의 밤이에요.

캐퓰럿 　　　　　　　흠, 내가 좀 움직이지.

그러면 만사가 잘 될 거요. 여보, 보증하오.　　　　40

줄리엣에게 가서 치장을 도와주오.

나는 오늘 안 잘 테니 나한테 다 맡겨요.

이번만 주부 노릇 해 보겠소. 여봐라!

다 나갔군. 그렇다면 파리스 백작에게

나 혼자 걸어가서 내일에 대비토록　　　　　45

준비를 시키겠소. 고집불통 딸애가

양순해지니까 마음이 놀랍도록 가볍다오.　(함께 퇴장.)

x

3장

줄리엣과 유모 등장.

줄리엣 응, 그 옷들이 최고야. 하지만 착한 유모,

오늘 밤엔 혼자 있게 해 줬으면 좋겠어.

유모도 알다시피 꼬이고 죄 많은 내 신세에

하늘이 감동하여 미소 짓게 만들려면

5   기도를 많이 할 필요가 있거든.

캐퓰럿 부인 등장.

캐퓰럿 부인 그래 애야, 바쁘냐? 내가 좀 도와줄까?

줄리엣 아니에요, 어머니. 내일의 예식에 필요한

여러 가지 필수품을 둘이서 골랐어요.

그러니까 이젠 절 혼자 있게 해 주시고

10   유모는 오늘 밤을 어머니와 새우게 해 주세요.

이렇게 갑작스러운 혼사로 온통 손이

모자랄 게 틀림없을 테니까요.

캐퓰럿 부인   잘 자거라.

침대로 가서 쉬어, 휴식이 필요할 테니까.

(캐퓰럿 부인과 유모 퇴장.)

줄리엣 잘 가세요! 언제 다시 만날지는 몰라요.

아뜩하게 찬 공포가 내 온몸에 쫙 퍼져 [15]

따뜻하던 생기가 얼어 버린 것 같네.

두 사람을 다시 불러 위로를 받아야지.

유모!―여기서 그녀가 뭘 해야 하는 거지?

무서운 이 장면은 나 혼자 연기해야만 한다.

자, 약병아. [20]

그런데 이 약이 전혀 듣지 않는다면?

그럼 내일 아침에 결혼해야 하는 거야?

아냐, 아냐! 이걸로 막을 거야. 거기 있어.

                              (칼을 내려놓는다.)

이게 만약 수사님이 날 죽일 심산으로,

앞서 나를 로미오와 결혼시켰으니까 [25]

두 번째 결혼에서 체면 잃지 않으려고

교묘하게 조제한 독약이면 어떡하지?

그럴까 봐 겁난다. 하지만 아니라면 생각해.

언제나 거룩한 분임이 입증되었으니까.

만약 내가 무덤 속에 안치되어 있다가 [30]

로미오가 돌아와 구해 주기 이전에

깨어나면 어쩌지? 그거 참 소름이 끼치네!

그러면 가족묘 안에서 질식하지 않을까?

더러운 입구로 좋은 공기가 못 들어와

로미오가 오기 전에 숨 막혀 죽지는 않을까? [35]

산다 해도 그 장소에 따르는 공포에다
죽음과 밤에 의한 끔찍한 상상으로
무슨 일이 정말로 일어나지 않을까? —
오래된 저장고, 가족묘 속에서
40 지나간 수백 년 동안에 장사 지낸
내 모든 조상들의 유골이 빼곡한 곳,
피투성이 티볼트가 아직도 말짱한 시체로
수의 속에 썩는 곳, 그리고 소문처럼
유령들이 밤중에 몰려드는 그곳에서 —
45 아아, 슬프다. 너무 일찍 깨어나면
무슨 일이 있잖을까? — 메스꺼운 냄새에다
그 소리를 들으면 사람들이 미친다는
맨드레이크 뽑힐 때[49] 내지르는 비명으로 —
오, 내가 깨어난다면 얼빠지지 않을까?
50 이 모든 으스스한 것들에 둘러싸여
조상들의 뼈다귀로 미친 듯 장난치고
만신창이 티볼트를 수의 찢고 꺼내면서
광분하는 가운데, 친척의 뼈 몽둥이 휘둘러
절망에 찬 내 머리를 빠개 놓지 않을까?
55 오, 저것 봐, 내 생각에 사촌의 혼령이
자기 몸을 칼끝으로 찌른 로미오를

---

49. 맨드레이크 뽑힐 때: 뿌리가 인체를 닮은 약초. 그것을 뽑을 때 사람을 미치거나
죽게 만든다는 식물.

찾아 나선 것 같아! 멈춰라, 티볼트, 멈춰!

로미오, 로미오, 로미오! 그대 위해 마실게요!

(커튼 안쪽에서 침대 위에 넘어진다.)

4장

캐퓰럿 부인과 유모, 약초를 가지고 등장.

캐퓰럿 부인 유모 잠깐, 이 열쇠로 향신료를 좀 더 가져오게.

유모 과자방에서는 대추야자와 모과를 찾는데요.

캐퓰럿 영감 등장.

캐퓰럿 자, 움직여라, 움직여, 둘째 닭이[50] 울었다!

통금 종이 울렸으니 세 시가 되었어.

5   안젤리카, 구운 과자 좀 넉넉히 만들어,

비용은 걱정 말고.

유모   부엌데기 노릇 말고

잠이나 주무세요. 참, 오늘 밤을 샜으니

내일은 병나실 겁니다.

캐퓰럿 전혀 아냐, 뭐, 이보다 못한 일로 전에도

10   온 밤을 샜지만 병난 적은 없었어.

캐퓰럿 부인 네, 당신도 한때는 바람 좀 피웠지요.

하나 이젠 그런 밤샘 못하게 할 거예요.

---

50. 둘째 닭이 울었다: the second cock. 예부터 서양에서는 첫 닭은 자정, 둘째 닭은
오전 3시, 셋째 닭은 동트기 한 시간 전에 우는 것으로 되어 있다(예: 맥베스 2막
3장 23행).

(캐퓰럿 부인과 유모 퇴장.)

캐퓰럿 질투하네, 질투해!

시종 서너 명이 꼬챙이, 통나무와 바구니를 들고 등장.

여봐라, 그게 뭐냐?

시종 1 요리사가 쓸 건데 뭔지는 모릅니다.   15

캐퓰럿 서둘러라, 서둘러!

(시종 1 퇴장.)

여봐라, 마른 나무 가져와!

피터를 불러라, 있는 데를 알려 줄 것이다.

시종 2 나리, 이 일로 피터를 귀찮게 안 하셔도

제 머리가 통나무를 찾을 만은 합니다요.

캐퓰럿 말 한번 잘했다. 웃기는 녀석이야, 하!   20

그 통나무 머리를 굴려 봐!   (시종 2 다른 사람들과 퇴장.)

원 이런, 동이 텄네!

백작이 악사들과 곧바로 닥칠 거다.

그러겠다고 했으니까.

(안에서 음악 소리 들린다.)

가까이 왔구나.

유모! 부인! 여봐라! 아, 유모, 안 들려!

유모 등장.

　　곧 가서 줄리엣을 깨우고 단장을 시키게,

　　　　파리스와 난 한담 나눌 테니까. 자, 서둘러,

　　　　서둘러라, 신랑 될 사람이 벌써 왔어.

　　　　서두르지 못할까.　　　　　　　　　　　　(퇴장.)

5장

줄리엣의 침실

(유모가 들어온다.)

유모 아가씨! 뭐예요, 아가씨! 줄리엣! — 푹 빠진 게
　　　분명 —
　　　자, 어린 양! 자, 숙녀님! 잠꾸러기 같으니!
　　　아니, 이보라니까요! 아씨! 고운 님! 새색시!
　　　한마디도 못해요? 잠시라도 지금 자요.
　　　일주일쯤 자 뒀요, 장담컨대 오늘밤엔　　　　　　　　5
　　　파리스 백작이 빳빳하게 일어나
　　　아가씨를 못 쉬게 할 테니까. 지나쳤나?
　　　맞아, 그래. 참으로 깊은 잠에 빠지셨네!
　　　깨워야 하는데, 아씨, 아씨, 아씨!
　　　아이, 백작더러 침대에서 안으라고 해 봐요,　　　　10
　　　깜짝 놀라 일어나게 해 줄걸요, 안 그래요?

　　　　　　　　　　　　　　　　　　(커튼을 열어젖힌다.)

　　　아니, 옷을 다 차려 입고 또 다시 누우셨어?
　　　깨워야 되겠어요. 아가씨! 아가씨! 아가씨!
　　　아아! 살려줘요, 살려줘! 아가씨가 죽었어요!
　　　아이고, 내가 왜 태어나 가지고!　　　　　　　　　15

독한 술 좀 가져와라! 주인님! 마님!

캐퓰럿 부인 등장.

캐퓰럿 부인 이게 무슨 소린가?

유모 　　　　　　　　　오, 애처로운 날이다!

캐퓰럿 부인 이 무슨 일인가?

유모 　　　　　　　　보세요, 봐! 오, 슬픈 날이다!

캐퓰럿 부인 오 이런, 우리 애가, 유일한 내 생명이!

20 　　　살아나라, 쳐다봐, 안 그러면 같이 죽자!

　　　살려줘요! 사람들을 불러라.

캐퓰럿 등장.

캐퓰럿 창피하다, 줄리엣을 데려와, 신랑이 왔다고.

유모 죽었어요, 떠났어요, 죽었어요! 아, 슬프다!

캐퓰럿 부인 아, 슬프다! 죽었어요, 죽었어, 죽었어!

25 **캐퓰럿** 하, 어디 좀 봅시다. 아, 갔구나, 차갑구나.

　　　피는 멈춰 버렸고 사지가 뻣뻣해.

　　　입술과 생명이 헤어진 지 오래구나.

　　　죽음이 얘에게 때 이른 서리처럼 내렸어.

　　　온 들판의 꽃 가운데 가장 예쁜 꽃 위에.

유모 오, 애처로운 날이다!

30 **캐퓰럿 부인** 　　　　　　오, 비참한 시간이다!

캐퓰럿 날 통곡케 하려고 이 애를 데려간 죽음이

　　　내 혓바닥 붙잡고 말 못하게 하는구나.

　　　　　　　　로렌스 수사와 파리스, 악사들 데리고 등장.

로렌스 수사 자, 신부는 성당 갈 준비가 됐는지요?

캐퓰럿 갈 준비는 됐지만 절대 못 돌아오오. ─

　　　이보게 사위, 자네가 결혼하기 전날 밤　　　　　　　35

　　　죽음이 자네 처와 같이 잤어. 저기 좀 봐,

　　　꽃 같은 그녀를 그자가 꺾었다네.

　　　죽음이 내 사위, 상속인이 된 거야,

　　　내 딸과 결혼했어. 난 죽을 것이고

　　　다 넘겨줄 거야, 생명, 삶, 모두가 그자 거야.　　　40

파리스 이 아침을 맞을 생각을 정말 오래 했었는데

　　　이런 꼴을 보려고 그랬단 말입니까?

캐퓰럿 부인 저주받고 불행하며 혐오스러운 날이다!

　　　시간의 끝없는 순례 여정 가운데

　　　최고로 비참한 때 바로 지금이구나!　　　　　　　45

　　　단 하나, 딱 하나, 하나뿐인 다정한 애였는데

　　　기뻐하고 위로받는 단 하나였는데

　　　잔인한 죽음이 내 눈에서 앗아갔어!

유모 오, 슬프다! 오, 슬프고, 슬프고 슬픈 날!

　　　최고로 애처롭고 최고로 슬픈 날　　　　　　　　50

　　　아직까지 이런 날은 단 한 번도 못 봤다!

오 이런, 오 이런, 오 이런 미운 날!

이토록 어둠에 잠긴 날은 본 적이 없었다.

오 슬픈 날, 오 슬픈 날이다!

55 **파리스** 사기, 이론, 악행과 분풀이, 죽임을 당했다!

참으로 증오할 죽음이여, 네가 날 속였고

잔인하고 잔인한 네가 날 거꾸러뜨렸다!

오, 사랑! 오, 생명! 생명 없는 죽은 사랑!

캐퓰럿 멸시, 고통, 미움과 고문과 죽음을 당했다!

60 낙이 없는 시간이여, 너는 왜 지금 와서

우리의 잔치를 망치고 또 망치느냐?

오 얘야, 오 얘야! 자식 아닌 내 영혼아!

네가 죽어 버렸구나! 아, 우리 애가 죽었다.

그리고 얘와 함께 내 기쁨도 묻혔다.

65 **로렌스 수사** 자, 조용히, 창피하오! 혼란으론 혼란을

치유하지 못합니다. 하늘과 당신 몫이

이 고운 처녀에게 있었으나 이젠 다 하늘 차지,

그러니 처녀에겐 더욱 잘된 일이지요.

당신 몫은 죽음으로부터 지키지 못했지만

70 하늘은 자기 몫을 영생 속에 지킵니다.

그녀가 당신의 천국으로 올라가야 하기에

그녀의 승천을 가장 많이 구하셨습니다.

한데 이제 우십니까? 저 구름 너머로

하늘만큼 높은 데로 나아가게 되었는데?

오, 이건 너무 잘못된 자식 사랑입니다. 75

잘된 걸 보고서 미치다니 말입니다.

여자가 결혼해서 오래 살면 잘한 결혼 아니고

젊었을 때 죽는 결혼 그게 최고 결혼이죠.

눈물을 거두고 이 고운 시체 위에

로즈메리 꽃[51]을 꽂고 관례에 따라서 80

최고로 치장하여 성당으로 옮깁시다.

어리석은 본성은 우리의 애도를 명하지만

본성의 눈물은 이성의 기쁨이니까요.

캐퓰럿 잔치에 쓰기로 지정했던 모든 것을

어두운 장례로 그 소임을 돌려라. 85

여러 가지 악기는 우울한 조종으로

혼인 축하 연회는 슬픈 장례식으로

성대한 축가는 쓸쓸한 만가로 바꾸어라.

신부의 화환은 시신을 위해 쓸 것이며

모든 것을 그 반대로 바꾸도록 하라. 90

로렌스 수사 안으로 드시지요, 부인도 가시고,

파리스 백작도. 이 고운 시신을

묘지까지 배웅토록 모두들 준비하오.

무언가 잘못이 있어서 하늘이 노했으니

높은 뜻을 더 이상 거스르지 마십시오. 95

　　　　(유모와 악사들만 남고 모두 앞으로 나가면서

---

51. 로즈메리 꽃: rosemary. 추억의 상징, 성실의 상징인 꽃.

4막 5장　**159**4막 5장 **159**

줄리엣 위에 로즈메리 꽃을 던지고 커튼을 닫는다.)

악사 1 허 참, 악기들을 꾸려서 떠나야겠군요.

유모 참 좋은 친구들, 아, 짐을 꾸리게, 꾸리라고,
딱한 사정이란 걸 잘 알고 있을 테니.   (퇴장.)

악사 1 네, 맹세코 이 사정은 좋아질 수 있는데.

피터 등장.

100 **피터** 악사님들, 오 악사님들, '편안한 마음' '편안한 마음!'
오, 날 살려 주는 셈치고 '편안한 마음'을
연주해 주오.

악사 1 왜 '편안한 마음'이죠?

피터 오, 악사님들, 내 마음이 스스로 '슬픔은 가득히'를
105 연주하고 있으니까 그렇지요. 오, 내게 위안이
될 만한 유쾌하고도 구슬픈 선율을 연주해 주오.

악사 1 구슬픈 선율은 안 되겠소! 지금은 연주할 때가
아니오.

피터 못 하겠단 말이지요?

110 **악사 1** 그렇소.

피터 그렇다면 그거나 큰 소리로 줘 볼까.

악사 1 무엇을 주겠단 말이오?

피터 돈은 말고 정말로, 엿이나 먹어라. 당신들은 기껏 해야
풍각쟁이야.

115 **악사 1** 그렇다면 당신은 기껏해야 종놈이지.

피터 그럼 난 그 종놈의 단검을 당신 골통에 꽂아 놓을
테야. 콩나물 대가리 같은 소리 말라고.
난 당신들을 레-하고 파-할 거야. 내 말 알아듣겠어.

악사 1 우리를 레-하고 파-한다면 우리를 음에
맞추는 거지. 120

악사 2 제발 단검은 집어넣고 기지나 꺼내 보시지.

피터 그렇다면 어디 내 기지 맛 좀 보시지. 쇠 같은
기지로 피 안 나게 패주고 쇠 단검은 집어넣겠다.
남자답게 대답해 봐.

　　　　"비수 같은 비탄이 심장을 찌르고 125
　　　　슬픔에 풀이 죽어 가슴이 답답할 때
　　　　음악은 은 같은 소리로"ー

왜 '은 같은 소리'지? 왜 '음악은 은 같은 소리로'
라고 했을까? 사이먼 현악기 줄, 넌 어떻게 생각해?

악사 1 그야, 은이 아름다운 소리를 내니까 그렇지. 130

피터 잡소리 하고 있네. 휴 깽깽이. 넌 어떻게 생각해?

악사 2 악사들은 은화를 받으려고 소리를 내니까
'은 같은 소리'겠지.

피터 역시 잡소리야. 제임스 받침대, 넌 어떻게 생각해?

악사 3 원, 뭔 말을 해야 할지 모르겠네. 135

피터 아이고 죄송합니다, 가수란 걸 모르고. 내가 대신
말해 주지. 악사들이 소리를 내보았자 금은 생기지
않으니까 '음악은 은 같은 소리로'라고 한 거야.

"그럴 때 음악은 은 같은 소리로

재빠르게 위안을 가져다줍니다. (퇴장.)

악사 1 저런 염병할 놈 봤나!

악사 2 잭, 저놈의 목을 매! 자, 저 안에 들어가서

조객들을 기다렸다가 저녁이나 얻어먹자.　　(함께 퇴장.)

5막

1장

로미오 등장.

로미오 아첨하는 꿈의 진실 믿을 수만 있다면
　　　기쁜 소식 있을 거란 예감이 드는구나.
　　　내 마음의 주인인 사랑이 유쾌히 좌정하니
　　　오늘은 하루 종일 유례없는 기분으로
5　　 명랑한 생각하며 땅 위를 떠다녔다.
　　　꿈속에서 부인이 죽은 나를 와서 보고―
　　　죽었는데 생각을 하다니 이상한 꿈이지!―
　　　키스로 내 입술에 생기를 불어넣어
　　　난 되살아났었고 황제가 되었다.
10　　아아, 사랑의 그림자가 이처럼 좋은데
　　　사랑 그 자체를 소유하면 얼마나 달콤할까.

　　　　　　　로미오의 하인 발사자 등장.

　　　베로나의 소식이다! 그래 뭐냐, 발사자?
　　　수사님의 편지를 가져오지 않았느냐?
　　　아가씨는 어떠냐? 아버지는 잘 계시고?
15　　줄리엣은 어떠냐? 그걸 다시 묻겠다.

그녀만 잘 있으면 잘못될 일 없으니까.

발사자 그렇다면 잘 계시고 잘못될 일 없습니다.

그녀 몸은 캐퓰럿 가문의 석실묘에 잠자고

불멸하는 부분은 천사들과 함께 있죠.

그녀를 친족묘에 넣는 걸 보고 나서 20

곧바로 말을 달려 알리려고 왔습니다.

오, 나쁜 소식 가져온 절 용서해 주십시오.

그 임무를 저에게 남겨 주셨으니까.

로미오 그렇단 말이지? 그럼 난 별들에게 도전한다![52]

내 숙소를 알 테니 종이, 잉크 가져오고 25

파발마를 구해라. 오늘 밤에 떠나겠다.

발사자 주인님, 간청컨대 참으시기 바랍니다.

모습이 창백하고 격앙되어 무언가

불운을 알리고 있습니다.

로미오   흠, 잘못 봤어.

물러나서 하라고 명령한 일이나 해. 30

수사님이 내게 보낸 편지는 없었어?

발사자 네, 없었어요, 주인님.

로미오   상관없어, 어서 가 봐.

그리고 말을 구해. 너한테로 곧장 가마. (발사자 퇴장.)

자, 줄리엣, 난 오늘 밤 당신 곁에 누울 거요.

---

52. 별들에게 도전한다: 사람의 운명을 결정하는 출생 시의 별자리(1막 프롤로그에도
    나옴).

수단을 찾아보자, 오, 절망한 사람에게
35
사악한 마음은 재빨리도 드는구나.
약장수 하나가 기억이 나는데ー
이 근처에 살았어. ー최근에 그 사람이
누더기를 걸치고 시무룩한 얼굴로
약초를 모으는 걸 보았다. 깡마른 모습에
40
극심한 빈곤으로 뼈만 남아 있었으며
궁색한 가게에는 거북이 걸려 있고
박제한 악어와 몇 가지 못생긴 물고기의
가죽도 있었지. 그리고 선반에는
거지 살림만도 못한 빈 상자 몇 개와
45
푸른색 질그릇, 오줌통, 곰팡이 핀 씨앗들,
포장 끈 자투리와 묵은 장미 덩어리가
구색을 갖추려고 성기게 흩어져 있었어.
그 궁핍을 보고 나서 난 혼자 말했지.
"누가 지금 독약이 정말로 필요한데
50
만투아 시에서 판매하면 즉각 사형이지만
그걸 파는 천한 놈이 여기 살고 있다."고.
오, 이 생각이 내 요구를 앞질러 떠올랐고
이 궁한 사람은 그걸 내게 팔아야 해.
내가 기억하기로 이게 그의 집이야.
55
공휴일이라서 거지의 가게가 닫혔구나.
여봐라, 약장수!

약장수　　　　　누가 이리 큰 소리를?

로미오 이보게, 이리 와. 가난한 게 다 보여.

　　　　　받아, 금화 사십 냥이야. 그리고 나한테

　　　　　독약 좀 주게나, 온몸의 혈관에　　　　　　　　　　60

　　　　　저절로 신속하게 쫙 퍼지는 놈으로.

　　　　　그래서 삶에 지친 음독자는 죽게 되고

　　　　　불붙은 화약이 치명적인 대포의 자궁을

　　　　　성급히 떠나갈 때처럼 격렬하게

　　　　　그 몸에서 호흡이 끊어질 수 있도록.　　　　　65

약장수 그렇게 명줄 끊는 독약은 있지만

　　　　　건네주면 만투아의 법으로 죽음이오.

로미오 그렇게 헐벗고 비참함에 푹 찌든 사람이

　　　　　죽기가 두려워? 기근은 뺨 위에 서리고

　　　　　짓누르는 궁핍으로 눈은 푹 꺼졌으며　　　　70

　　　　　경멸과 가난이 등줄기에 걸렸는데.

　　　　　세상이나 세상의 법이나 네 편은 아니고

　　　　　이 세상 법으로는 부자가 될 수 없어.

　　　　　그렇다면 가난을 깨부수고 이걸 받아.

약장수 제 의지가 아니라 빈곤 탓에 응합니다.　　　　75

로미오 네 의지가 아니라 빈곤에게 지불하네.

약장수 이것을 아무 거나 액체에 탄 다음

끝까지 마십시오. 스무 남자 힘 있어도
곧바로 당신을 처치해 줄 겁니다.

80 **로미오** 이 금은 네 것이다. 네가 아니 팔려 했던
시시한 이 약보다 영혼에겐 더 나쁜 독이고
더 많은 살인을 이 역겨운 세상에서 저지르지.
내가 독을 판 것이지 넌 내게 판 게 없어.
잘 있게! 밥 사 먹고 살이나 좀 찌라고. (약장수 퇴장.)

85 자, 독이 아닌 치료제여, 줄리엣의 무덤으로
함께 가자. 거기서 널 써야만 하니까. (퇴장.)

2장

존 수사 등장.

존 수사 성 프란체스코 수사님! 수사님 계십니까?

로렌스 수사 등장.

로렌스 수사 목소리로 보건대 존 수사가 틀림없다.

만투아에서 왔군, 어서 오게! 로미오가 뭐라던가?

그의 친필 편지를 이리 주게.

존 수사 여기 이 도시에서 병자들을 돌보는   5

교단의 형제들 가운데 저와 함께 맨발로

동행을 할 수 있는 수사를 찾다가

한 사람을 찾았는데, 도시 검역관들이

우리 둘이 다 역병이 실제로 창궐했던

집 안에 있었다고 의심을 하고서는   10

문을 꽉 봉한 다음 못 나가게 했습니다.

그래서 제 만투아 급행은 거기서 멈췄어요.

로렌스 수사 그럼 내 편지를 누가 로미오에게 전했나?

존 수사 보내지 못했고―다시 여기 있습니다.―

수사님께 돌려보낼 전령도 못 구했지요.   15

그들은 역병을 너무나 두려워했답니다.

로렌스 수사 불운한 일이다! 내 교단에 맹세코

이 편지는 예사로운 게 아니라 막중하고

중요한 내용인데, 소홀히 할 경우

20 위험이 클 것이야. 존 수사는 어서 가서

쇠지렛대를 찾은 다음 그것을 곧바로

내 암자로 가져오게.

존 수사 수사님, 가서 그걸 가져오겠습니다. (퇴장.)

로렌스 수사 난 이제 혼자서 무덤으로 가야 한다.

25 세 시간이 지나면 줄리엣이 깨어날 것이고

그녀는 로미오가 이 뜻밖에 일들을

통지 받지 못했다고 나를 많이 책망할 것이다.

하지만 난 만투아로 편지를 다시 쓰고

로미오가 올 때까지 그녀를 내 암자에 둬야지. ―

30 가여워라 산송장, 죽은 자들 무덤 속에 갇혔어!

(퇴장.)

3장

파리스와 시동, 꽃과 향수, 횃불을 가지고 등장.

파리스 얘, 그 횃불 이리 주고 멀찌감치 물러서라.

하지만 불은 꺼라, 안 보이고 싶으니까.

저기 저 주목들 밑으로 몸을 길게 누이고

움푹 패인 땅 위에 귀를 바싹 대거라.

무덤을 파느라 땅이 무르고 굳지 않았으니   5

누구든 성당 묘지 걸어오는 발걸음을

들을 수 있을 거야. 그러면 휘파람 소리로

무엇이 다가온단 신호를 보내라.

자, 그 꽃은 이리 주고 시킨 대로 해, 가 봐.

시종 (방백) 여기 이 성당 묘지에 혼자 서 있는 게   10

좀 무섭긴 하지만 모험을 해 봐야지.

(물러난다. 파리스는 무덤에 꽃을 뿌린다.)

파리스 꽃 같은 그대여! 그대의 신방에 이 꽃을 뿌리오. ─

아, 슬프도다, 그대의 천장은 흙과 돌이군요! ─

밤마다 이곳을 향수로, 향수가 없으면

방울방울 한탄 섞인 눈물로 적시겠소.   15

밤마다 무덤 위에 꽃 뿌리고 우는 것이

이 몸이 그대 위해 남몰래 지키려는 일이라오.

(시동이 휘파람을 분다.)

시동이 경고하는군, 누군가 다가오고 있구나.

어떤 자가 이 밤중에 저주받은 발을 옮겨

20   내 상례를, 참사랑의 의식을 훼방 놓지?

뭐, 횃불까지? 밤이여, 나를 잠깐 감싸다오.

(물러난다.)

로미오와 발사자, 횃불과 곡괭이, 쇠지렛대를 가지고 등장.

로미오 곡괭이와 쇠지렛대를 이리 다오.

잠깐, 이 편지를 받아라. 내일 아침 일찍이

아버님께 분명히 전하여라.

25   횃불을 이리 줘, 목숨이 두렵거든

무엇을 듣거나 보더라도 멀찍이 물러서라

그리고 내가 하는 일을 가로막지 말거라.

내가 이 죽음의 침실로 내려가는 까닭은

내 아가씨의 얼굴을 보려는 것이지만

30   더 큰 목적은 죽은 그녀 손에서 귀중한 반지를

빼내 오는 것이다. ─그 반지를 요긴하게

써야 하기 때문에─그러니 여기를 떠나라.

그런데도 네가 만약 의심하면 되돌아와

내 의도가 무엇인지 엿보려 한다면

35   맹세코 내 너의 사지를 갈기갈기 찢은 다음

굶주린 이 성당 묘지에 뿌릴 테다.

이 순간 내 의지는 야수처럼 거칠고

굶주린 호랑이나 포효하는 바다보다

훨씬 더 사납고 훨씬 더 무자비해졌다.

발사자 여길 떠나 주인님을 괴롭히지 않겠어요. 40

로미오 그게 네 우정의 표시이다. 이걸 받아. (돈 지갑을 준다.)

자, 잘 먹고 잘 살아라. 잘 가라, 착한 녀석.

발사자 (방백.) 그래도 이 근처에 숨어 있어 봐야지.

주인님 얼굴은 무섭고 그 의도는 미심쩍다. (물러난다.)

로미오 지상에서 가장 귀한 별미를 꿀꺽 삼킨 45

가증스러운 아가리, 죽음의 자궁아,

썩은 네 턱 이렇게 강제로 벌린 다음

원치 않은 음식을 더 쑤셔 넣겠다.

(로미오가 무덤을 열기 시작한다.)

파리스 이건 바로 추방당한 그 오만한 몬태규다.

내 님의 외사촌을 살해하고—그 슬픔 때문에 50

아름다운 그녀가 죽었다고 하는데—

이제는 여기 와서 악당처럼 시신들을

욕보이려 한다. 저 녀석을 붙잡아야지. (앞으로 나선다.)

야비한 몬태규야, 불경한 작업을 멈춰라.

죽음 넘어서까지 복수를 추구해? 55

저주받은 악당아, 내 너를 체포하겠다.

순순히 따라와. 너는 마땅히 죽어야 한다.

로미오 그래야만 할 것이오, 그래서 여기 왔소.

착한 젊은이여, 절망한 사람을 시험 마오.

60 　날 두고 떠나시오. 이 죽은 이들을 생각하고

　겁을 좀 먹어요. 부탁이오, 젊은이,

　광기로 나를 몰아 또 하나의 죄업을

　떠안지 않도록 해주시오, 오, 떠나시오!

　맹세코 난 그대를 나보다 더 사랑하오,

65 　나는 나를 해치려고 준비하고 왔으니까.

　섰지 말고 가시오, 앞으로 살아남아

　미친 자의 관용으로 도망쳤다 말하시오.

파리스　그 따위 애원은 과감히 무시하고

　내 너를 중범으로 현장에서 체포한다.

70 **로미오**　싸움을 거시겠다? 그렇다면 덤벼보시지!

　　　　　　　(그들이 싸운다.)

시종　맙소사, 싸움 붙었네! 야경꾼을 불러야지.　(퇴장.)

파리스　오, 난 살해됐다! (쓰러진다.) 당신에게 조그만 자비심이라도 있거든

　무덤 속의 줄리엣 옆에 나를 뉘어주시오.　(죽는다.)

로미오　그렇게 해주겠소. 얼굴이나 확인하자.

75 　머큐시오의 친척인 파리스 백작이다!

　내 정신이 어지러워 주목하지 않았을 때

　오면서 하인이 뭐랬지? 파리스가 줄리엣과

　결혼하게 되었다고 말한 것 같은데.

　그가 그리 말했던가? 내가 그리 꿈꾼 걸까?

80 　아니면 줄리엣 얘기를 듣고 내가 미쳐

그렇다고 생각했나? 오, 손을 이리 주시오,
어두운 불행의 장부에 나와 함께 적힌 그대!
이 훌륭한 무덤 속에 안치해 주겠소.
무덤? 아니, 탑방이오, 살해당한 젊은이여.
여기 누운 줄리엣의 아름다움 때문에   85
빛 가득한 이 방은 축제일의 궁궐이니까.
죽음아, 죽은 자가 널 묻는다, 고이 잠드소서.

(파리스를 무덤 안에 누인다.)

사람들이 죽는 순간 유쾌해지는 일이
참으로 자주 있지! 간수들은 그것을
죽기 전의 섬광이라 부른다. 오, 이걸 어찌   90
섬광이라 부를 수가? 오, 님이여, 아내여,
꿀 같은 그대 목숨 빨아들인 죽음도
아름다운 이 자태는 어찌하지 못했군요.
당신은 정복되지 않았소. 입술과 뺨 위엔
발그레한 아름다움이 아직도 남아 있고   95
창백한 죽음의 깃발은 거기까지 못 왔어요.
티볼트, 피에 젖은 수의 입고 게 누웠어?
오, 네 젊음을 두 동강 낸 이 손으로
너의 원수인 나의 젊음 끊어 놓는 것보다
더 나은 호의를 어떻게 베풀지?   100
티볼트, 날 용서해 줘! 아, 사랑하는 줄리엣.
아직도 왜 이렇게 고와요? 실체 없는 죽음이

깡마르고 흉측한 그 괴물이 연정 품고

당신을 자신의 애인 삼기 위하여

105   여기 이 어둠 속에 가뒀다고 믿을까요?

그것이 두렵기에 난 여기 당신과 함께 남아

희미한 이 밤의 궁전을 절대로

떠나지 않겠소. 당신의 구더기 시녀들과

난 여기, 여기에 머물 거요. 오, 여기에

110   내 영원한 안식처를 확정할 것이고

불길한 별들의 멍에를 세상 지친 이 몸에서

떨쳐 버릴 것이오. 눈이여, 끝으로 보아라!

팔이여, 끝으로 포옹하라! 그리고 입술이여,

오 너, 호흡의 관문이여, 올바른 키스로

115   다 삼키는 죽음과 무한 계약 맺어라!

오라, 쓰디쓴 길잡이여, 불쾌한 안내자여!

그대, 절망한 선장이여, 바다에 지친 배를

파선의 바위 위로 지금 즉시 몰아가라!

120   내 님을 위하여! (약을 마신다.) 오, 정확한 약장수다!

약효가 빠르네. 난 이렇게 키스하며 죽는다. (죽는다.)

등불과 쇠지레 및 삽을 든 로렌스 수사 등장.

로렌스 수사   원, 빨리 가야 하는데! 오늘 밤엔 늙은이의 발이

유난히도 무덤들에 채이네! 게 누구요?

발사자 친구인데, 당신을 잘 아는 사람이요.

로렌스 수사 지복이 내리기를! 이보게 내 친구.

무슨 놈의 횃불이 저기서 하릴없이 125

구더기와 눈깔 없는 해골들을 비추지? 내 보기에

저것은 캐퓰렛 가문의 무덤에서 타고 있어.

발사자 맞아요, 신부님, 당신이 사랑하는

제 주인님이 저기 있어요.

로렌스 수사　　　　　누군데?

발사자　　　　　　　　로미오요.

로렌스 수사 얼마나 오래 됐지?

발사자　　　　　　　　넉넉히 반시간요. 130

로렌스 수사 납골당에 같이 가자.

발사자　　　　　　　　전 감히 못 갑니다.

주인님은 제가 여길 떠난 줄 아세요.

남아서 자신의 의도를 지켜보면

죽이겠노라고 무섭게 위협하셨답니다.

로렌스 수사 그럼 여기 있거라, 혼자 가마. 두렵구나. 135

오, 불상사가 있을까봐 무척이나 두렵구나.

발사자 제가 여기 주목 밑에 잠자고 있을 때

주인님이 누군가와 싸우는 꿈을 꿨고

주인님이 그 사람을 살해했답니다.

로렌스 수사　　　　　　로미오!

(수사가 허리를 굽히고 핏자국과 무기들을 살펴본다.)

오 이런, 오 이런, 이게 무슨 핏물인데 140

묘지의 돌문을 물들이고 있는 거지?

이 칼들은 왜 여기 안식의 장소에서

주인 잃고 피에 젖어 놓여 있지?

(무덤 안으로 들어간다.)

로미오, 오, 창백하다! 또 누가? 아니, 파리스도!

145 피에 흠뻑 젖은 채? 아, 매정한 시간이다.

이렇게 비통할 일을 한 번에 범하다니!

(줄리엣이 일어난다.)

아가씨가 움직인다.

줄리엣 오, 위안 주는 수사님, 제 주인님 어디 있지요?

전 제가 있어야 할 곳은 똑똑히 기억하고

150 거기에 있군요, 로미오는 어디 있어요?

(안에서 소리.)

로렌스 수사 뭔 소리가 들리네. 그 죽음과 역병과

부자연스러운 잠의 소굴로부터 나오너라.

우리 인간이 막지 못할 커다란 힘 때문에

우리 뜻이 좌절됐다. 자 여길 떠나자.

155 네 남편은 거기 네 가슴 위에 죽어 있고

파리스도 죽었단다. 자 어서, 난 너를

수녀원에 맡기도록 하여야겠다.

물어보려 지체 마라, 야경꾼이 오니까.

자 가자, 줄리엣. (다시 소리.) 더 이상은 못 있겠다.

(퇴장.)

줄리엣 수사님은 어서 가요, 전 떠나지 않을 테니.   160

이게 뭐야? 내 님이 움켜잡은 잔이야?

음, 독으로 때 이르게 끝을 맞으셨구나.

오, 무정한 사람, 다 마셨어? 뒤따를 때 날 도와줄

한 방울도 안 남기고? 키스를 하겠어요.

혹시나 그 입술에 독이 좀 남았으면   165

효력이 있어서 나를 죽게 해주겠죠.

당신 입술은 따뜻해요.

야경꾼 1 (안에서) 자, 앞서라, 어디지?

줄리엣 소리가? 그럼 짧게. 오, 행복한 단검아,

(로미오의 검을 들고.)

이게 네 칼집이다. (자신을 찌른다.) 녹슬면서 날 죽게 해

다오.   (로미오 위에 쓰러지며 죽는다.)

파리스의 시동과 야경꾼들 등장.

시종 다 왔어요. 횃불이 타고 있는 저깁니다.   170

야경꾼 1 땅이 피에 젖었군. 성당 묘지 수색하라.

몇 명이 같이 가라. 찾으면 누구든 체포하라.

(몇 명 퇴장.)

가엾은 광경이다! 백작은 살해되어 누웠고

줄리엣은 이틀 동안 안치되어 있었는데

피 흘리며 더운 채 새롭게 죽어 있다.   175

영주님께 알려라, 캐퓰럿 집으로 달려가라,

몬태규 일가를 깨우고, 몇 명은 이곳을 수색하라.

(또 몇 명 퇴장.)

비탄이 일어난 장소는 알겠지만

가련한 이 비탄의 진정한 진원지는

정황을 모르고는 밝혀낼 수 없구나.

야경꾼 몇 명과 발사자 등장.

야경꾼 2 로미오의 하인인데 성당 묘지에 있었어요.

야경꾼 1 영주께서 오실 때까지 단단히 붙잡아 둬.

야경꾼 한 명과 로렌스 수사 등장.

야경꾼 3 떨며 울며 한숨짓는 수사님이 여기 계셔요.

성당 묘지 저쪽에서 걸어오는 그에게서

여기 이 곡괭이와 삽 하나를 빼앗았습니다.

야경꾼 1 대단히 수상하다. 수사님도 잡아 둬라.

영주와 시종들 등장.

영주 무슨 놈의 불운이 이리 일찍 일어나

아침 휴식 취하는 짐을 불러왔는가?

캐퓰럿과 캐퓰럿 부인 및 하인들 등장.

캐퓰럿 무슨 일로 저렇게 비명을 지릅니까?　　　　　　　　190

캐퓰럿 부인　아, 거리에서 사람들이 "로미오"를 외치고

　　　　　일부는 "줄리엣"과 "파리스"를 외치면서

　　　　　모두들 우리 가문 무덤으로 달려가요.

영주　이게 무슨 공포기에 너희 귀가 흠칫하지?

야경꾼 1　영주님, 살해된 파리스 백작이 여기 있고

　　　　　로미오도 죽었으며 앞서 죽은 줄리엣은　　　　195

　　　　　따뜻한데 다시 죽었습니다.

영주　이 더러운 살인의 원인을 추적하여 밝혀라.

야경꾼 1　한 명의 수사와 로미오의 하인이 여기 있는데

　　　　　이 죽은 사람들의 묘를 열기에 적당한

　　　　　연장들을 지니고 있습니다.　　　　　　　　200

캐퓰럿 오, 맙소사! 오, 부인, 우리 딸이 피를 흘리오!

　　　　　이 단검은 잘못됐소. 봐요, 칼집은 저기 저

　　　　　몬태규의 등 뒤에 빈 채로 달렸는데

　　　　　내 딸의 가슴에 잘못 꽂혀 있지 않소!

캐퓰럿 부인　아아, 이 죽음의 광경은 이 늙은 몸에게　　205

　　　　　무덤 갈 길 알려 주는 경종과 같군요.

　　　　　　　　　　몬태규와 하인들 등장.

영주　어서 오오, 몬태규, 새벽같이 일어나

　　　　　저녁같이 가 버린 아들을 보게 됐소.

몬태규 아, 전하, 제 아내가 어제 저녁 죽었는데

210		아들 추방을 한탄하다 숨을 거뒀답니다.
		또 어떤 슬픔이 늙은 제게 음모를 꾸밉니까?
	영주	보시오, 그러면 알 것이오.
	몬태규	못 배운 놈 같으니! 이게 무슨 예의냐,
		아비에 앞서서 무덤으로 내닫다니?
215	**영주**	절규하는 입들을 잠시 동안 봉해 놓고
		모호한 점들을 말끔하게 해명하여
		사태의 근원과 진정한 내력을 알아내면
		난 당신들 슬픔의 지휘관이 된 다음
		죽음까지 가 보겠소. 그때까진 꾹 참고
220		인내로 불운을 다스리기 바라오.
		의심 가는 자들을 이리로 데려오라.
	로렌스 수사	그 첫째가 저로서 가장 능력 없으나
		이 무서운 살인의 때와 또 장소가
		저에게 불리하여 가장 크게 의심받습니다.
225		그래서 유죄이자 무죄인 저 자신을
		고발, 면죄하려고 이 자리에 섰습니다.
	영주	그럼 즉각 이에 관해 아는 바를 말하시오.
	로렌스 수사	간단하게 아뢰지요, 제가 숨 쉴 날들이
		지겨운 얘기처럼 길지는 않을 테니.
230		저기 죽은 로미오는 줄리엣의 남편이며
		저기 죽은 줄리엣은 로미오의 충실한 아내로
		제가 결혼시켰고, 둘의 비밀 결혼 날은

티볼트의 제삿날이었는데, 그의 요절 때문에
새신랑은 도시에서 추방됐고 줄리엣은
티볼트가 아니라 그를 위해 애태웠답니다.   235
당신들은 그녀를 에워싼 비탄을 풀기 위해
그녀를 파리스 백작에게 약속했고
강제 결혼시키려 했지요. 그녀는 제게 와서
격앙된 모습으로 두 번째 결혼을 면해 줄
모종의 수단을 강구해 달라고, 안 그러면   240
거기 제 암자에서 자살한다 말했고
그때 저는 그녀에게 (제 의술에 의거하여)
수면제를 주었는데 그 물약은 의도대로
효력을 발휘하여 그녀 몸에 죽음의 모습을
만들어 냈습니다. 한편 저는 로미오에게   245
'무서운 이 밤에 여기 와서, 그녀를
약효가 끝나는 시간이 됐으니까
잠시 빌린 무덤에서 꺼내야 한다'고 썼지요.
하지만 제 편지를 몸에 지닌 존 수사가
사고로 지체됐고, 어제 저녁 그 편지를   250
제게 돌려줬답니다. 그래서 저 혼자
그녀가 깨어나기로 예정된 시간에
친족들의 묘에서 꺼내려 여기 왔고
로미오에게 사람을 쉬이 보낼 때까지
그녀를 제 암자에 은밀히 감춰 두려 했지요.   255

하지만 그녀가 깨어나기 얼마 전

제가 여기 왔을 때, 고귀한 파리스와

성실한 로미오가 때 이르게 죽어 있었습니다.

그녀는 깨어났고, 전 그녀를 밖으로 나오라 간청하며

260   하늘이 하는 일을 인내로 견디자고 하다가

소리가 나기에 겁을 먹고 나왔는데

그녀는 절망이 너무 커 안가겠다 했었고

사태를 보아하니 자살한 것 같습니다.

이것이 전부이며 이 결혼에 대해서는

265   유모가 잘 압니다. 이번 일에 무언가

본인의 잘못으로 틀어진 게 있다면

이 늙은 목숨을 최고로 가혹한 법에 따라

때가 오기 조금 전에 바치고자 합니다.

영주 우리는 당신을 언제나 성자로 알았소.

270   로미오의 하인은 어디 있느냐? 할 말은?

발사자 주인님께 줄리엣 아가씨의 죽음을 전했을 때

주인님은 황급히 만투아를 떠나서

바로 이 시각에 바로 이 무덤에 왔습니다.

이 편지를 아침 일찍 부친께 전하라 명하고

275   석실묘에 들면서 자기를 거기 두고

떠나지 않으면 죽이겠다고 위협했습니다.

영주 편지를 내놓아라, 내가 읽어 보겠다.

야경을 깨웠던 백작의 시종은 어디 있느냐?

여봐라, 네 주인은 이곳으로 왜 왔느냐?

시종 주인님은 아씨 묘에 꽃 뿌리러 왔는데   280

전 물러서 있으래서 그렇게 했습니다.

곧 누가 횃불을 들고 와 무덤을 열려 했고

주인님은 그 즉시 칼을 뽑았습니다.

그때 저는 야경을 부르려고 달려갔습니다.

영주 이 편지로 보건대 수사의 말이 맞다.   285

그들의 사랑의 여정과 그녀가 죽은 소식

그리고 여기엔 가난한 약장수로부터

독약을 샀으며 그걸 갖고 가족묘에

죽어서 줄리엣과 누우러 왔다고 적혀 있다.

이 원수들 어디 있느냐? 캐퓰럿! 몬태규!   290

하늘이 당신들의 기쁨을 사랑으로 죽였으니

당신들의 미움에 어떤 천벌 내렸는지 보라.

나 또한 당신들의 불화에 눈 감은 대가로

한 쌍의 친척을 잃었다. 모두가 벌 받았다.

캐퓰럿 오, 몬태규 형님, 형님 손을 내게 주오.   295

내 딸의 과부 소유 재산은 이것이오,

더는 요구 못하니까.

몬태규   하지만 난 더 주겠소.

그녀의 조상을 순금으로 건립하여

베로나의 이름이 잊히지 않는 한

변함없이 정절 지킨 줄리엣의 모습보다   300

더 높이 쳐주는 인물은 없도록 할 것이오.

캐퓰럿 같은 값의 로미오도 아내 곁에 설 것이오.

우리들 반목의 불쌍한 희생자들 말이오!

영주 서글픈 평화가 이 아침에 내렸으니

305 태양도 슬픔에 고개를 들지 않는구려.

여길 떠나 이 슬픈 일들을 더 얘기해 봅시다.

용서받고, 더러는 벌 받는 자들도 있으리라.

이 세상에 줄리엣과 그녀의 로미오 얘기보다

더 슬픈 이야기는 절대로 없으니까.

(모두 퇴장.)

작품설명[*]

1. 텍스트 및 출처

[텍스트]

엘리자베스 시대의 연극은 대개 공연 위주였고 당시의 관행상 인기 작품들은 인근의 라이벌 극단이 표절하여 상연하는 일이 많았다. 따라서 셰익스피어의 희곡은 출판본을 바로 만들지 않았고 상연이 끝난 한참 후, 또는 작가의 사망 후에 활자본으로 인쇄된 것이 많았다. 셰익스피어 작품들은 대개 처음에는 4절지(Quarto) 판으로 출판되었다가 여러 번의 수정을 거쳐 몇 년 후에 2절지(First Folio) 판으로 출판된 것이 많다. 그러다보니 판본마다 오자, 탈자가 많고 또한 공연 때마다 작가나 배우들이 대사나 내용의 일부를 수정하거나 빼어버려 어느 것이 정본인지 구분하기가 매우 어렵다. 그런 이유로 셰익스피어 작품의 서지학적 원본 연구

---

* 이 해설은 대부분 *Arden Shakespeare* 편집본 서문, *New Cambridge* 편집본 해설 부분, *RSC* 편집본 부록, 『셰익스피어 연극사전』(한국셰익스피어학회) 등을 참조하여 작성하였다.

도 중요한 부분을 차지하고 있으며 여러 판본의 대조 연구도 활발하다.

셰익스피어 극 가운데 "가장 위대한 사랑 이야기" 또는 "무서운 아름다움"(W. B. Yeats)이라고 표현되는 『로미오와 줄리엣』은 『리처드 2세』, 『한 여름 밤의 꿈』이 쓰인 1595년 전후에 집필된 것으로 추정하는 견해가 지배적이다. 그 이유는 그 문체나 작품들 속에 나타나는 여러 에피소드가 비슷하여 서로 영향을 주고받은 것으로 보는 것이다. 대부분의 학자들은 『로미오와 줄리엣』이 『한 여름 밤의 꿈』 집필 이전에 나타난 것으로 추정하고 있다.

이 극은 1597년에 처음 출판되었으며(First Quarto, Q1이라 함), 이것은 당시 공연에 참가한 한두 사람의 배우를 출판사가 매수하여 그들의 단편적인 기억에 의존하여 정확하지 않게 출판된 것이기 때문에 크게 신뢰를 받지 못해 'Bad Quarto'라 불린다. 즉, 이것은 불확실한 기억, 이유 없는 생략, 넘겨짚기, 바꾸어 놓기, 속된 언어사용, 반복하여 말하기, 풀어쓰기, 다른 작품에서 빌려오기 등이 많이 나타나 셰익스피어적인 세련됨이 부족하고 기교적인 면에서 격이 떨어지는 것을 보여주고 있다.

이것에 비해 다음에 출판된 1599년 판 Second Quarto(Q2)는 'Good Quarto'라 불린다. 이 4절판은 『로미오와 줄리엣의 가장 빼어나고도 서글픈 비극』(*The Most Excellent and Lamentable Tragedy of Romeo and Juliet*)이라고 제목을 달았다. 이것은 셰익스피어의 자필 원고를 바탕으로 조판 인쇄된 것으로 믿어지고 있다. 전체의 길이도 Q1이 2,232행인데 비해 이것은 3,007행으로 좀 더 충실해졌다. 그러나 여기에도 문제는 있다. Q2는 작가의 원고에서 직접 조판은 하였지만 조판공이 이미 출판된

Q1을 곁에 두고서 자필 원고가 손상되었거나 판독이 어려웠을 때는 Q1을 참고한 것이다. 하지만 Q1의 약점이 Q2에서는 강점이 된 것이 있다. 즉, Q1이 불법 표절의 해적판이지만 실제 공연에 있었던 무대지시나 등장, 퇴장 등 배우들에게 필요한 부분이 많이 보완된 것이다.

이 밖에 1609년에 나온 Third Quarto(Q3), 1623년의 Folio 판 전집이 있다.

[출처]

부모 몰래 사랑하는 연인을 따로 두고 강요된 결혼을 피하기 위해 잠자는 약을 먹고 죽음을 가장한다는 이야기는 매우 오래된 것으로 그리스 후기(A.D. 3세기)에 에페수스 세네팬의 이야기책에 이미 들어있다고 한다. 일반적으로 이러한 이야기는 서구의 전설, 민화 속에 널리 퍼져있었으나 셰익스피어의 『로미오와 줄리엣』은 영국 시인 아서 브룩(Arthur Brooke)의 장편시 『로메우스와 줄리엣의 비극적 역사』(*The Tragical History of Romeus and Juliet*, 1562)가 직접적인 바탕이 된 것으로 보인다. 이와 함께 영국의 작가 윌리엄 페인터(William Painter)의 작품집 『쾌락의 궁전』(*Palace of Pleasure*, 1567)도 무시할 수 없는 셰익스피어 작품의 준거가 된다. 여기에는 브룩의 작품에 나오는 'Romeus' 대신 'Romeo'가 쓰이고 있다. 이것 또한 셰익스피어 당시 널리 읽히고 있던 작품이다.

아무튼 이 두 작품은 모두 이탈리아로부터 프랑스를 거쳐 영국에 번역, 번안된 작품들이다. 이것의 뿌리는 이탈리아 작가 마테오 반델로(Matteo Bandello)의 『소설(이야기책)』 제2권(1554년)에 들어 있으며 이것은 또한 루기오 다 포르토(Lugio da Porto)의 이야기 『지울렛따와 로메오』(*Giulletta e Romeo*, 1530)에서 유래한다.

이 이야기는 프랑스의 저술가 프랑스와 드 벨포레(François de Belleforest)가 번역하여 펴낸 『비극의 역사』(*Histoire Tragique*, 1559) 제1권에 실려 있으며 이것은 역시 프랑스 문필가 삐에르 보와또(Pierre Boaistuau)에 의해 브룩과 페인터에게 전해진 것으로 알려져 있다.

로미오와 줄리엣 이야기의 배경이 되는 장소로 베로나라는 지명이 설정된 것은 이미 다 포르토(Da Porto)부터이다. 몬테키와 카펠레티라는 유서 깊은 두 가문이 13세기부터 실재해 있어 서로 반목하였다는 역사적 사실(실제와는 상이함)을 부여한 것도 그가 시초라고 여겨진다. 사실 지금 베로나에 가면 줄리에타(Giulietta)의 무덤과 발코니가 있어 관광객의 눈길을 끈다.

다 포르토의 작품 속에는 유모와 벤볼리오를 제외하고 거의 모든 인물이 그대로 다 나온다. 전해오던 내용과 셰익스피어작품 사이의 큰 차이점과 특징으로는 다음과 같은 것들이 있다.

두 연인의 죽음의 장면에서 원래 다 포르토는 줄리엣이 로미오가 숨을 거두기 전에 깨어나게 했고, 또한 죽는 데 칼을 쓰지 않고 스스로 질식사하도록 했다. 그러나 반델로에 와서 줄리엣이 질식사가 아니라 비통해서 숨이 넘어가는 것으로 고쳤다. 그러다가 이 장면은 브와토에 와서 비로소 로미오로 하여금 줄리엣이 잠에서 깨어나기 전에 죽게끔 함으로써 줄리엣이 로미오의 칼로 자결하도록 하는 지금의 셰익스피어 식 결말로 끝맺게 된 것이다.

2. 작품분석

[극구성]

출처 문제와 함께 가장 중요하게 볼 점은 브룩의 작품과 셰익스피어의 극 사이의 연관성, 특히 이야기 서술에 중점을 둔 장편시를 어떻게 뛰어난 연극 작품으로 변모시켰는가를 살펴보는 것이다. 즉, 구성상의 변화며 그 중 중요한 것은 다음과 같다.

1) 전체적 구성에서 기승전결이 명확하여 형식을 중요시 했다.

3막 1장의 위기의 장면과 5막 3장의 결말 부분이 되풀이됨으로써 브룩의 시보다 전형적 형식을 강조하여 극의 결말을 확정지을 뿐 아니라 두 연인 사이의 사적인 세계와 그들에게 숙명적 영향을 끼치는 양가의 해묵은 반목이라는 공적 갈등의 대립을 뚜렷하게 부각시키고 있다. 또한 코러스의 서사와 사랑의 고백 등은 소네트 형식으로, 싸움패들의 대화는 시정잡배들의 산문조로 극의 분위기를 살려놓았다.

2) 셰익스피어의 극에서 가장 중요한 것은 사건 경과의 시간처리다. 원작에서 이 사건은 9개월 사이에 벌어지지만, 셰익스피어는 무더운 7월 중순의 일요일부터 목요일까지 불과 5일간에 일어나는 일로 압축시켰다. 그 경과를 보면,

제1일(일요일) 1막 1장 ~ 2막 2장 (오전 9시 조금 전부터 다음날 먼동이 트기 직전까지)

제2일(월요일) 2막 3장 ~ 3막 4장 (새벽에서 취침 때까지)

제3일(화요일) 3막 5장 ~ 4막 3장 (새벽에서 취침 후까지)

제4일(수요일) 4막 4장 ~ 5막 2장 (이른 아침부터 아주 늦은 밤까지)

제5일(목요일) 5막 3장 (전날 늦은 밤부터 목요일 이른 아침까지)

이와 같은 시간의 압축은 작품의 비극적 본질인 시간과의 싸움, 운명과의 싸움을 더욱 밀도 있게 만드는 효과가 있다.

이 작품에는 사랑의 비극을 시간에 쫓기는 극적 상황 속에 가두어 둠으로 행동의 필연성이 강조되는 효과를 얻도록 하고 있다; 즉, time, day, night, today, tomorrow, hours, minutes 등이 유난히 많이 나온다.

3) 또한 셰익스피어의 작품에서는 브룩에 나오는 줄리엣의 16세 나이를 14세로 낮춤으로써 여주인공의 신선함과 순진무구함이 부각되었다. 아울러 주인공들의 맹목적 사랑이 주변 어른들이 갖는 증오와 파괴성을 더욱 날카롭게 드러내 보이고 있다.

4) 브룩의 작품과 달리 셰익스피어는 비극 안에 희극적 분위기를 두드러지게 함으로써 극의 단조로움을 타파하고 비극을 더 심화시켰다. 셰익스피어는 3막 1장을 분기점으로 하여 이 극 전반부는 희극적 요소를 다양하게 써넣고 있으며 극 전체를 일관하는 서정성을 유지하고 있다. 특히 머큐쇼와 유모가 주고받는 외설스러운 언어와 해학은 셰익스피어 말장난의 극치로 이 극에 현실감을 더해주고 두 연인의 사랑을 비극으로 반전시키는 계기를 만든다.

5) 구성상 특징의 다른 하나는 비록 단역이지만 티볼트와 파리스의 등장을 유효적절하게 사용하고 있다는 점이다. 브룩의 작품에서 티볼트는 사건 진행상 단 한 번 나타나 노상에서 싸움이 벌어졌을 때 로미오에게 찔려죽고 만다. 셰익스피어는 여기에 복선을 넣어 캐퓰렛 가문의 무도회에 등장시키고 티볼트로 하여금 이 비극의 우연한 동기가 되는, 극

단적인 증오를 로미오에게 나타내게 한다. 이 사건은 두 연인의 만남이 운명적인 만남과 대조되어 장차 일어날 비극적 결말을 예견해주는 것 중 하나이다.

파리스 백작 역시 브룩의 작품과 달리 셰익스피어는 1막 2장에서 로미오와 함께 도입한다. 그럼으로써 뒤에 전개되는 사건, 즉 캐퓰렛의 성급한 사위 맞이가 극적 타당성을 갖게 되는 것이고 극 후반의 줄리엣에 가해지는 급박한 사태의 진전에도 합리성을 부여한다. 그리고 나서 5막의 마지막 장면에 파리스를 다시 등장시켜 브룩에게는 없는 줄리엣의 죽음을 애도하는 장면을 보여줌으로 이 극의 주제인 이유 없는 증오와 반목이 얼마나 무모하고 고귀한 젊음을 앗아가는가 하는 점을 강조해준다.

[비극의 패턴]

이 작품 『로미오와 줄리엣』이 갖는 특징은 셰익스피어의 성숙기의 비극들인 『햄릿』, 『맥베스』, 『리어왕』, 『오셀로』 등과 비교하여 볼 때 비극적 구조 안에 희극성이 있고, 희극적 대사 안에 비극성을 내포하고 있으며 이를 위해 아이러니를 효과적으로 사용하고 있다. 더욱이 이 작품 전체에 흐르는 서정성은 다른 비극과 큰 차이를 보이는 것이 두드러진 특징이기도 하다.

두 연인이 죽음으로 끝맺는 이 비극은 결과적으로 대대로 내려온 캐퓰렛과 몬태규 가문의 원한을 풀어주고 화해를 시킴으로 순수비극과는 전혀 다른 면모를 보이고 있다.

이 극은 프롤로그에서 '한 쌍의 불운한 연인'(a pair of star-cross'd

lovers)으로 표현되는 인간의 운명을 좌우하는 존재로서의 '별'의 이미지가 자주 등장한다. 또한 주인공의 입을 통해서 비극적인 결말을 예시하는 것이 자주 언급된다. 그렇다고 이 극을 운명비극이라고 단정하기에는 문제가 있다. 왜냐하면 여기에서 빠르게 진행되는 일련의 사건들은 필연성을 가진다기보다 우연 또는 돌발적 사고라는 느낌이 강하기 때문이다. 또한 셰익스피어의 대표적 비극작품들에 나타나는 성격과 운명의 상호관계가 모호하다.

예를 들어 줄리엣의 죽음을 가장하도록 꾸민 로렌스 수사의 작전과 그것을 만투아에 쫓겨나 있는 로미오에게 보내는 그의 편지가 급작스런 사정에 따라 로미오에게 전달되지 못하며 그 실수로 인해 이 극은 결정적인 비극으로 되어버린다. 우연의 연속 같은 이러한 사건은 이것이 맹목적인 운명인가, 우연인가, 아니면 자연의 법칙인가를 가름하기에 매우 어려운 문제를 제기하고 있다. 그러나 '사랑의 죽음', 즉 "죽음이 사랑하는 연인들에게 어떠한 영향도 끼치지 못한다."는 낭만적인 견해를 강조한다면 이 모든 우연조차도 사실은 비극을 성취시키기 위한 필연성, 즉 운명으로 작용하는 것이라 볼 수도 있다. 나아가서 중세 이후 엘리자베스 시대 사람들에게는 '죽은 자의 저주'는 불길한 것, 즉 '운명적'인 것으로 생각되었다.

이 작품의 첫 프롤로그에 나오는 불길한 예감과 마찬가지로 칼 다툼 중 머큐시오의 죽음을 계기로 극적 상황은 갑자기 반전되어 어두워진다. 이 작품이 비극으로 치닫는 것을 관객에게 알려주는 것은 바로 머큐시오의 죽음부터이다.

이 『로미오와 줄리엣』은 전반부(2막 끝까지), 즉 주인공들이 결혼식을 올리는 장면까지는 셰익스피어의 낭만희극에 비견될 만한 밝고 화려한 희극적 면모를 보이다가 3막에서부터 희비극, 비극으로 전환되는 구성을 갖는다. 해롤드 블룸(Harold Bloom) 교수는 이 극을 "순수한 사랑을 예찬하고 피치 못할 파멸을 애도하는 서정적이고도 희극적인 찬가"라고 하며 이 극의 희비극적인 내용을 지적했다. 또한 브래드브룩(M.C. Bradbrook) 교수도 이 극의 핵심이 발코니 장면에서 로미오와 줄리엣이 나누는 사랑의 대화(love-duet)에 있다고 말함으로써 두 연인의 죽음을 애도하는 비극성보다는 그들의 사랑을 찬미하는 희극성에 이 극의 의미를 더 부여하고 있다. 한편 해리 레빈(Harry Levin)은 사랑을 다루는 이 극이 비록 비극적 결말을 가졌어도 그 과정에서 희극적 요소를 많이 갖고 셰익스피어가 희극적 소재인 로맨스를 비극화시킨 획기적 시도를 한 것으로 '낭만비극'(romantic tragedy)이라는 용어를 썼다.

이 극의 전반부에는 희극적 인물들이 다수 등장한다. 유모와 하인들의 어수룩한 행동들과 노골적인 성적 농담들이 웃음을 자아내고, 머큐시오의 좀 더 노골적인 음담과 기지 넘치는 야유는 희극적 분위기를 더욱 북돋운다. 이 작품은 셰익스피어의 극 중 외설적인 농담이 가장 많이 나오는 것으로 꼽힌다. 특히 캐퓰렷 가의 가면무도회에서 흥겨운 음악에 맞추어 춤을 추며 즐기는 장면은 축제적 분위기를 끌어올리고 있다. 이처럼 전반부에 희극적 장면, 젊은이들의 생기발랄했던 장면이 후반부에는 갑자기 어두운 장면, 칼싸움과 죽음, 복수 등의 장면으로 바뀌어 비극으로 치닫는다.

로렌스 수사는 결혼식 직전에 기쁨의 절정에 있는 로미오에게, "기쁨이란 극렬하거나 절정에 이를수록 빨리 소멸된다."(2막 6장 9~10)라고 경고한다. 이것은 또한 2막 6장(3~5절)의 발코니 장면에서 줄리엣이 "헤어짐은 그토록 달콤한 슬픔"이라고 말함으로써 앞으로의 영원한 이별과 비극을 예고하고 있다.

이와 같이 로미오와 줄리엣의 갑작스런 결혼과 기쁨, 갑작스런 사고로 인한 이별은 운명적 장난처럼 극의 반전을 일으킨다. 여기에서 볼 수 있는 비극적인 아이러니는 파리스의 등장이다. 로미오가 티볼트를 죽이게 되고 베로나에서 추방되어 줄리엣과 이별하게 되는 때 캐퓰럿이 줄리엣과 파리스의 결혼을 급히 추진하게 된다. 로미오와 이별을 슬퍼하는 줄리엣이 사촌 티볼트의 죽음을 애도하는 줄 착각하고 딸을 위로하기 위해 파리스와 줄리엣의 결혼을 서두른다. 캐퓰럿의 선의의 결혼 재촉이 비극을 부르는 아이러니를 낳게 한다. 이것이 뿌리가 되어 줄리엣은 탈출구를 마련하기 위해 가장 현명하고 믿음직한 로렌스 수사(신부)를 찾아간다. 여기에서 비극적 아이러니의 절정을 볼 수 있다. 인생경험과 지혜, 인격, 판단력을 두루 갖춘 로렌스 수사는 두 집안의 화해와 젊은 연인들의 사랑의 결합을 내다보고 심사숙고 끝에 훌륭한 결정을 내리고 실행에 옮기지만 오히려 일을 망치는 결과 밖에 가져오지 못한다. 이 극에서 가장 세상을 모르는 두 연인은 그들의 사랑이 파국으로 치달을 수밖에 없다는 것을 처음 만났을 때부터 예감하고 있었다. 이들 젊은이들의 성급함은 세상을 모르는 데서 오는 조급함뿐 아니라 비극을 선택할 수밖에 없는 운명적인 것으로도 보인다.

더구나 캐퓰럿 가문의 무덤에 들어간 로미오가 줄리엣의 가짜 죽음(현재 살아있으며 곧 깨어날 것이라는) 사실을 모르고 그녀와 함께 죽겠다고 자결해버리는 장면은 이 작품에서 비극적 아이러니의 극치를 보여준다. 또한 앞에서 언급한 것과 같이 로렌스 수사가 두 연인을 구하기 위해 꾸민 계획이 두 사람의 죽음을 부르고, 두 사람의 결혼을 통해 이루려 했던 두 집안의 화해가 그들의 죽음을 통해서 이루어진다는 것도 비극적 아이러니의 핵심이라 할 수 있다.

3. 비평사

『로미오와 줄리엣』에 관한 비평은 셰익스피어시대에는 남은 기록이 없다. 최초의 비평은 1620년 옥스퍼드의 성직자 니콜라서 리처드슨이 설교에서 이 작품을 인용하였고 일부 비평가들의 좋은 평가가 있었다는 기록이 있다. 이 작품에 대한 본격적인 비평은 연극 상연이 다시 허락된 왕정복고시대인 1684년 존 드라이든(John Dryden, 작가이며 비평가)이 머큐시오의 돌발적인 죽음을 부정적으로 언급한 데서 시작된다. 그 이후 1765년 사무엘 존슨(Samuel Johnson)은 『로미오와 줄리엣』을 셰익스피어의 작품에서 가장 훌륭한 작품 중 하나로 평했다. 이후 19세기에 와서 전기 낭만주의자들 중 사무엘 코올리지, 윌리엄 워즈워스, 퍼시 비시 셸리, 존 키츠, 윌리엄 해즐릿, 찰스 램 등 대표적 문인들이 이 작품에 대해 긍정적인 평가를 하고 셰익스피어의 천재성을 높이 보았다. 19세기 후반의 일부 비평가들은 이 작품이 비극으로서 충분한 기량을 갖추지 못했고 결말이 인물의 성격보다는 지나치게 우연에 의한 것이라 지적했다. 일부 비평가들은 그동안 작품의 중심 주제가 로미오와 줄리엣의 순수한 사랑 관계라기보다는 두 가문 사이의 불화라고 주장하기도 했다.

20세기 들어서서 『로미오와 줄리엣』에 대한 비평은 장르의 문제에 대해서 언급하면서도 작품에 나타난 성 관념, 베로나 사회의 가족문제, 그리고 언어사용 문제에 더 많은 관심을 갖게 되었다. 『셰익스피어의 비극』(*Shakespearean Tragedy*)을 쓴 브래들리(A.C. Bradley)는 이 작품을 가문 간의 무분별한 증오라는 외적 요인이 비극적 파멸을 일으킬 뿐 이후의 셰익스피어의 비극들에 비해 주인공들의 내적갈등이 강조되지 않은 미숙한 극이라고 보았다. 찰튼(H.B. Charlten)도 이 작품이 비극적 요소를 덜 갖추고 너무나 우연 발생적 불행에 가까워 필연성이 결여되었다고 지적했다. 이외에도 아서 밀러(Arthur Miller), 브레흐트(Brecht), 트래버시(D.A. Trareversi) 등은 심오하고 성공된 비극으로는 이 극이 너무나 인위적이라는 평가를 하고 있다.

반면에 스퍼전(Caroline Spurgeon), 마후드(M.M. Mahood), 레빈(Harry Levin) 등은 이 작품에서 연인들의 순수한 사랑과 열정, 자주 사용되는 동음이의어의 말장난(puns), 유머, 기발한 비유(conceits), 운문과 산문의 짜임새 등에 찬사를 보냈다.

20세기 후반부터 『로미오와 줄리엣』은 페미니즘 비평의 다양한 조명을 받게 되었다. 리사 자딘(Lisa Jardin)과 캐슬린 맥러스키(Kathleen Meluskie)는 셰익스피어를 여성에 대한 차별적 고정관념을 가진 가부장적 작가로 보았다. 반면에 칸(C. Khan)은 이 극이 가부장적 사회가 자멸하는 모습을 그려낸다고, 아일린 대쉬(Irene Dash)는 줄리엣이 운명을 개척하려는 강한 의지와 용기를 가진 페미니스트라고 주장하였다. 그 이외에도 마르크시즘, 후기구조주의, 해체주의, 문화유물론 등 여러 비평이 다양한 이데올로기적 평론을 만들어가면서 이 극의 대한 연구와 해석의 폭을 넓히고 있다.

4. 공연사

[연극]

셰익스피어 작품 중 가장 많이 상연되는 작품은 단연 『햄릿』이다. 그 다음은 우열을 가리기 어렵지만 『로미오와 줄리엣』은 늘 5위 안에 드는 인기 있는 작품으로 기록되고 있다. 이 작품의 초기 4절판(Quartos)들은 당시 극장에서 누렸던 인기를 증명하고 있지만, 왕정복고시절 이전에는 구체적인 공연 기록이 남아있지 않다. 『로미오와 줄리엣』의 공연에 관한 첫 기록은 일기작가로 유명한 사무엘 페피스(Samuel Pepys)가 1662년 3월 1일에 윌리엄 데브넌트의 공연을 본 후 혹평을 한 글이다. 그가 악평을 한 이유는 첫날 공연에 배우들의 익숙지 못한 대사와 준비가 안 된 어설픈 연기로 추정되고 있다. 1679년 토마스 오트웨이가 이 극을 자의로 번안하여 『카우이스 마리우스 생애의 파멸』로 바꾸어 흥행에 성공했다. 이 번안극에서는 독약을 마신 마리우스(로미오)가 죽기 바로 직전에 라비니아(줄리엣)를 깨어나게 함으로써 얄궂은 운명의 비통함을 더욱 부각시켰다. 1748년 데이비드 개릭(Davis Garrick)은 셰익스피어의 대사를 어느 정도 되살렸고, 이 대본 얼마 후에 필립 켐블(Philip Kemble)에 의해 더 수정된 상태로 19세기 중반까지 이 공연이 계속되었다.

그 후 가장 성공적인 『로미오와 줄리엣』을 만든 것은 두 여성, 프리실라 호톤(Priscilla Horton, 1834)과 샬롯트 쿠쉬만(Charlotte Cushman, 1845)이었다. 이들은 셰익스피어 대본의 대부분을 부활시켰다.

20세기 들어 1935년 존 길거드(John Gielgud)는 『로미오와 줄리엣』의 셰익스피어 대본에 나오는 시적 언어와 대사를 최대로 살리고 원래의 텍스트에 세련된 무대장치로 큰 인기를 누렸다. 특히 로미오와 머큐시오 역을 길거드와 로렌스 올리비에(Laurence Olivier)가 번갈아 맡고 그들의 탁월한 운문 대사의 구현이 셰익스피어의 진수를 보여주었다. 이후 계속된 공연에서 줄리엣 역은 1952, 1956년에 클레어 블룸, 1958년 도로시 허틴, 1960년 주디 덴취 등이 성공적인 연기로 인기를 누렸다. 또한 피터 브룩의 1947년 RSC 공연과 1960년의 프랑코 제피렐리의 공연(Old Vic)은 텍스트를 과감하게 손질하고 무대장치에서도 브룩은 상징성을, 제피렐리는 사실성을 추구하여 성공하였다. 둘 다 주인공에 어린 배우들을 기용하여 사춘기의 열정과 젊음의 활력을 불어넣었다. 특히 제피렐리 공연의 특징은 1960년대 당시 영국사회의 급격한 변화를 반영한 것이다. 즉 하류층 생활에 사회적 관심이 모아지면서 평등주의가 고취되던 시대상을 그대로 극에 반영했다. 데리 핸즈의 1973년 공연과 마이클 보그다노프의 1986년 공연이 두드러지는데 그 중 보그다노프는 남녀 주인공들의 파멸을 20세기 후반 자본주의 사회가 일으킨 비극으로 조명하였다.

가장 두드러진 공연 중 하나는 마이클 아텐보로(Michael Attenborough)의 1997년 공연이다. 이것은 대중성, 현대성, 예술성, 보편성들을 골고루 갖춤으로써 수년 동안 영국에서 가장 호평 받은 공연이다. 이 극은 뉴욕 맨허튼의 빈민가를 무대로 삼은 레너드 번스타인 작곡의 뮤지컬(1957)이며 1961년 영화화된 『웨스트 사이드 스토리』(*West Side Story*)에서와 같이 등장인물들의 신분 격하가 일반 대중들로부터 공감과 친근감을 얻는 데 성공했다. 더구나 이 공연은 로미오 역에 흑인배우를, 줄리엣 역에 백인 여배우를 기용하여 인종차별이라는 고정관념을 깨뜨린 획기적인 작품으로 평가되고 있다.

[영화]

『로미오와 줄리엣』은 셰익스피어 작품들 중 『햄릿』 다음으로 가장 많이 영화화되고, 가장 많은 언어로 제작된 작품이다. 1902년에 제작된 최초의 영화 이후 1911년 이탈리아 영화를 비롯하여 수많은 무성영화가 제작되었으며 베로나를 배경으로 한 작품이 많았다. 1936년 조지 커코(George Cukor) 최초의 유성영화를 만들었다. 1954년 레나토 카텔라니(Renato Catellani)가 제작한 영화는 극적인 효과보다는 사실주의적 영화 스타일을 추구했다.

『로미오와 줄리엣』의 여러 영화 중 현재까지 가장 많은 관객으로부터 호응을 얻은 것은 프랑코 제피렐리(Franco Zeffirelli, 1968)의 것과 바즈 루만(Baz Luhrmann, 1996)의 <윌리엄 셰익스피어＋줄리엣>(*William Shakespeare's Romeo＋Juliet*)이 있다. 제피렐리는 1960년대의 유행에 따라 완고한 부모를 둔 젊은이들의 순수함을 옹호하여 대중으로부터 큰 호응을 얻었다. 특히 젊은 무명배우 17세의 레오나드 파이팅

(Leonard Whiting), 15세의 올리비아 허시(Olivia Hussey)를 로미오와 줄리엣 역에 발탁하여 젊음과 청순함을 부각시켰다.

루만의 영화는 셰익스피어를 근거로 한 모든 영화들 중 상업적으로 가장 성공한 작품이다. 혼란스러우면서도 희생적인 십대의 사랑을 그린 이 영화에서 레오나도 디카프리오(Leonardo Dicaprio)가 로미오, 클레어 데인즈(Claire Danes)가 줄리엣 역을 맡아 열연했다. 이 영화는『로미오와 줄리엣』을 번안, 작곡하여 뮤지컬로 성공한 레오나도 번스타인(Leonardo Bernstein)의『웨스트 사이드 스토리』를 모방하였다. 따라서 고풍스럽고 전원적인 풍경에서 벗어나 혼탁한 현대도시를 배경으로 삼아 폭력, 마약, 사치, 향락, 매춘이 성행하는 가운데 주인공 남녀의 순수한 사랑이 발붙이기 어려운 상황을 만들었다. 이 영화에서 두 가문의 싸움은 갱단들의 총격전으로 묘사되며 헬리콥터까지 동원한 경찰과 충돌이 있으나 근본적 문제 해결을 하지 못한다. 여기에서는『웨스트 사이드 스토리』에서와 같이 인종(앵글로 색슨계와 라틴계)과 의상의 색상도 대비시키고 있다.

셰익스피어의『로미오와 줄리엣』의 주요 주제인 사랑, 운명, 사회적 환경 중 제피렐리는 사랑과 희생에 초점을 두었으며, 루만은 그 사랑을 좌절시키는 사회적 환경과 운명을 강조했다. 즉 제피렐리의 영화는 낭만 비극에 가깝고, 루만의 영화는 운명적 비극 또는 사회문제극 쪽에 가깝다. 제피렐리는 셰익스피어의 원작에 비교적 충실하고, 루만의 것은 현대사회에 어울리는 실험적 정신이 강하다. 어떠한 해석의 상연이든, 영화든 셰익스피어는 영원한 인류의 유산으로 우리를 일깨워주고 있다.

셰익스피어 생애 및 작품 연보

셰익스피어의 생애와 작품의 집필연대 중 일부는 비교적 정확히 기록되어 있는 자료에 의존할 수 있지만, 대부분은 막연한 자료와 기록의 부족으로 그 시기를 추정할 수밖에 없으며, 특히 작품 연보의 경우 학자들에 따라 순서나 시기에 차이가 있음을 밝힌다.

1564	잉글랜드 중부 소읍 스트랫포드 어폰 에이번Stratford-upon-Avon 출생(4월 23일). 가죽 가공과 장갑 제조업 등 상공업에 종사하면서 마을 유지가 되어 1568년에는 읍장에 해당하는 직high bailiff을 지낸 경력이 있는 존 셰익스피어와, 인근 마을의 부농 출신으로 어느 정도 재산을 상속받은 메리 아든Mary Arden 사이에서 셋째로 출생. 유복한 가정의 아들로 유년시절을 보냄.
1571	마을의 문법학교Grammar School에 입학했을 것으로 추정.
1578	문법학교를 졸업했을 것으로 추정. 졸업 무렵 부친 존은 세금도 내지 못하고 집을 담보로 40파운드 빚을 냄.
1579	부친 존이 아내가 상속받은 소유지와 집을 팔 정도로 가세가 갑자기 어려워짐.
1582	18세에 부농 집안의 딸로 8년 연상인 26세의 앤 해서웨이 Anne Hathaway와 결혼(11월 27일 결혼 허가 기록).
1583	결혼 후 6개월 만에 맏딸 수잔나Susanna 탄생(5월 26일 세례 기록).
1585	아들 햄넷Hamnet과 딸 쥬디스Judith(이란성 쌍둥이) 탄생(2월 2일 세례 기록).

1585~1592	'행방불명 기간'lost years으로 알려진 8년간의 행방에 관한 자료가 거의 없음. 학교 선생, 변호사, 군인, 혹은 선원이 되었을 것으로 다양하게 추측. 대체로 쌍둥이 출생 이후 어떤 시점(1587년)에 식구들을 두고 런던으로 상경하여 극단에 참여, 지방과 런던에서 배우이자 극작가로서 경험을 쌓았을 것으로 추측.
1590~1594	1기(습작기): 주로 사극과 희극 집필.
1590~1591	초기 희극 『베로나의 두 신사』(*The Two Gentlemen of Verona*) 『말괄량이 길들이기』(*The Taming of the Shrew*)
1591	『헨리 6세 2부』(*Henry VI, Part II*)(공저 가능성) 『헨리 6세 3부』(*Henry VI, Part III*)(공저 가능성)
1592	『헨리 6세 1부』(*Henry VI, Part I*)(토머스 내쉬Thomas Nashe 와 공저 추정) 『타이터스 앤드러니커스』(*Titus Andronicus*)(조지 필George Peele과 공동 집필/개작 추정)
1592~1593	『리처드 3세』(*Richard III*)
1592~1594	봄까지 흑사병 때문에 런던의 극장들이 폐쇄됨.
1593	「비너스와 아도니스」(*Venus and Adonis*)(시집)
1594	「루크리스의 강간」(*The Rape of Lucrece*)(시집) 두 시집 모두 자신이 직접 인쇄 작업을 담당했던 것으로 추정되며, 사우샘프턴 백작The third Earl of Southampton에게 헌사하는 형식. 챔벌린 극단Lord Chamberlain's Men의 배우 및 극작가, 주주로 활동.
1593~1603 및 이후	『소네트』(*Sonnets*)

| 1594 | 『실수 연발』(*The Comedy of Errors*) |
| 1594~1595 | 『사랑의 헛수고』(*Love's Labour's Lost*) |

1595~1600	2기(성장기): 낭만희극, 희극, 사극, 로마극 등 다양한 장르 집필.
1595~1596	『로미오와 줄리엣』(*Romeo and Juliet*)
	『리처드 2세』(*Richard II*)
	『한여름 밤의 꿈』(*A Midsummer Night's Dream*)
	『존 왕』(*King John*)
1596	아들 햄넷 사망(11세, 8월 11일 매장).
	부친의 가족 문장 사용 신청을 주도하여 허락됨(10월 20일).
1596~1597	『베니스의 상인』(*The Merchant of Venice*)
	『헨리 4세 1부』(*Henry IV, Part I*)
	스트랫포드에 뉴 플레이스 저택Great House of New Place 구입
	(마을에서 두 번째로 큰 저택으로 런던 생활 후 은퇴해서 죽
	을 때까지 그곳에 기거).
1598	벤 존슨Ben Jonson의 희곡 무대에 출연.
1598~1599	『헨리 4세 2부』(*Henry IV, Part II*)
	『헛소동』(*Much Ado About Nothing*)
	『헨리 5세』(*Henry V*)
1599	시어터 극장The Theatre에서 공연하던 셰익스피어의 극단이 땅
	주인의 임대계약 연장을 거부하자 '극장'을 분해하여 템즈강
	남쪽 뱅크사이드 구역으로 옮겨 글로브 극장The Globe을 짓고
	이곳에서 공연. 지분을 투자하여 극장 공동 경영자가 됨.
1599~1600	『줄리어스 시저』(*Julius Caesar*)
	『좋으실 대로』(*As You Like It*)

1601~1608	3기(원숙기): 주로 4대 비극작품이 집필, 공연된 인생의 절정기
1600~1601	『햄릿』(*Hamlet*)
	『윈저의 즐거운 아낙네들』(*The Merry Wives of Windsor*)
	『십이야』(*Twelfth Night*)
1601	「불사조와 거북」(*The Phoenix and the Turtle*)(시집)
	아버지 존 사망(9월 8일 장례).
1601~1602	『트로일러스와 크레시다』(*Troilus and Cressida*)
1603	엘리자베스 여왕 사망(3월 24일). 추밀원이 스코틀랜드의 제
	임스 6세를 잉글랜드의 제임스 1세로 선포.
	제임스 1세 런던 도착(5월 7일) 후 셰익스피어 극단 명칭이
	챔벌린 경의 극단에서 국왕의 후원을 받는 국왕 극단King's
	Men으로 격상되는 영예(5월 19일).
	제임스 1세 즉위(7월 25일).
1603~1604	『자에는 자로』(*Measure for Measure*)
	『오셀로』(*Othello*)
1605	『끝이 좋으면 모두 좋다』(*All's Well That Ends Well*)
	『아테네의 타이먼』(*Timon of Athens*)(토머스 미들턴Thomas
	Middleton과 공동작업)
1605~1606	『리어 왕』(*King Lear*)
1606	『맥베스』(*Macbeth*)
	『안토니와 클레오파트라』(*Antony and Cleopatra*)
1607	딸 수잔나, 성공적인 내과의사인 존 홀John Hall과 결혼(6월 5일).
1607~1608	『페리클레스』(*Pericles*)(조지 윌킨스George Wilkins와 공동작업)
	『코리올레이너스』(*Coriolanus*)

1608~1613	제4기: 일련의 희비극 집필.
1608	셰익스피어 극장이 실내 극장인 블랙프라이어스Blackfriars 극장을 동료배우들과 함께 합자하여 임대함(8월 9일). 어머니 메리 사망(9월 9일 장례).
1609	셰익스피어 극장이 블랙프라이어스 극장 흡수, 글로브 극장과 함께 두 개의 극장 소유.
1609~1610	『심벌린』(*Cymbeline*)
1610~1611	『겨울 이야기』(*The Winter's Tale*) 『태풍』(*The Tempest*)
1611	고향 스트랫포드로 돌아가 은퇴 추정.
1613	『헨리 8세』(*Henry VIII*)(존 플레처John Fletcher와 공동작업설) 『헨리 8세』 공연 도중 글로브 극장 화재로 전소됨(6월 29일).
1613~1614	『두 사촌 귀족』(*The Two Noble Kinsmen*)(존 플레처와 공동작업)
1614~1616	말년: 주로 고향 스트랫포드의 뉴 플레이스 저택에서 행복하고 평온한 삶 영위.
1616	둘째 딸 쥬디스, 포도주 상인 토마스 퀴니Thomas Quiney와 결혼(2월 10일). 쥬디스의 상속분을 퀴니가 장악하지 않도록 유언장 수정(3월 25일). 스트랫포드에서 사망(4월 23일. 성 삼위일체 교회 내에 안장).
1623	『페리클레스』를 제외한 36편의 극작품들이 글로브 극장 시절 동료 배우 존 헤밍John Heminge과 헨리 콘델Henry Condell이 편집한 전집 초판인 제1이절판으로 출판됨. 아내 앤 해서웨이 사망(8월 6일).

옮긴이 **허종**

(현) 경희대학교 명예교수, 문학박사

학력 경희대학교, 충남대학교 대학원, 미국 University of Wisconsin 대학원

경력 미국 East-West Center / Hawaii 대학 연구원

경희대학교 중앙도서관장, 경희대학교 외국어대학 학장

고전 르네상스영문학회장, 한국번역가협회부회장

영국 켐브릿지대학 교환교수, 미국 하버드대학 초빙교수

(현) 말레이시아 푸트남대학 외래교수

(현) GCS(밝은사회클럽) 국제본부상임부총재

저서 *Cultural Treasures of Korea* 1~8(영어 공역)(태학당)

『아서 밀러의 사회극』(한국학술정보)

역서 『성채』(*Citadel*, A. J. Croning)(신원문화사)

『문학비평에서의 실험』(*An Experiment in Criticism*, C. S. Lewis)(동문선)

『인간과 초인』(*Man and Superman*, G. B. Shaw)(도서출판 동인)

『형제들』(*Brothers/Adolphoe*, Terence)(도서출판 동인) 외 다수

논문 *Cultural Differences and Learning Foreign Language*

(Univ. of Hawaii / East-West Center)

Masks and Myths in Yeats's Drama—On Japanese Noh's Influence (경희대학교)

「엘리자베스 캘린더에 따른 결혼: 셰익스피어와 르네상스 작품을 중심으로」

(고전 르네상스 영문학회) 외 30여 편

로미오와 줄리엣

초판 2쇄 발행일 2021년 3월 24일

옮긴이 허종
발행인 이성모
발행처 도서출판 동인
주 소 서울시 종로구 혜화로3길 5 118호
등 록 제1-1599호
TEL   (02) 765-7145 / FAX (02) 765-7165
E-mail dongin60@chol.com
ISBN   978-89-5506-722-4
정 가 11,000원